Herstellung und Verlag:
BoD - Books on Demand, Norderstedt

Urheberrechtlich geschützt
ISBN: 9 783746 019239

Zu diesem Buch

Ein erfrischender Roman mit witzigen Wendungen und einem völlig überraschenden Ende erzählt aus der Perspektive eines zwischen der politischen Realität und einem gesunden Realismus schwankenden Afrikaners, der seinen eigenen Weg ins Paradies zu finden versucht.

Die Suche nach dem Paradies

Makaiboo Ousmane Somah

Inhalt

Der verfluchte Sohn

Nicht alles lässt sich einfach deuten. Das Leben ist ein bösartiger Traum. Alles, was wir sehen und wovon wir glauben, dass es uns gehört, zerfließt zwischen unseren Fingern. Der Traum zerbricht und fällt in sich zusammen wie ein Luftschloss. Europa war mein Traum und vieles andere war mir einfach egal. Alles, was zu bewundern und zu loben war, wurde einfach ignoriert, weil der schönste Teil der Welt Europa ist. Meine damalige Freundin, eine Schönheitsgöttin, versprach mir das Paradies, wenn ich bei ihr bliebe. Aber der Traum nach Europa zu gehen war mir wichtiger als die wahre Liebe, die mir geboten wurde. Der Traum Europa zu erreichen und dort meine Träume zu verwirklichen, hatte alles andere in den Hintergrund gedrängt. Keiner konnte mich davon abhalten, diesen Kontinent zu erreichen, wo Milch und Honig fließen. Alle, die es geschafft haben, zu diesem gesegneten Kontinent zu gelangen, haben meist ihre Träume verwirklichen können. Meine Träume animierten mich sogar hinzugehen und alles andere auf dem gottverlassenen afrikanischen Kontinent zu vergessen und zu verlassen.

Alle Schwarzen, die dort leben, besitzen die neuesten elektronischen Geräte und wenn sie auf Urlaub in die Heimat kommen, verfügen sie über ein gutes Ansehen. Und ich, wer bin ich? Ich kann kaum einen Euro am Tag verdienen. Mit all meinen Abschlüssen konnte ich keine Arbeit finden. Die Regierenden hatten alle freien Plätze in der Verwaltung für ihre noch in Europa oder Amerika studierenden Kinder reserviert. Was konnte ich also machen, wenn ich mich selbst bei mir zu Hause als Fremder fühlte? Der einzige Weg war die Flucht, zu der das Benehmen meiner Geschwister ebenfalls beitrug. Die Kinder meiner Geschwister nennen mich Makaiboo und nennen meine Geschwister entweder *Tantie* oder *Tonton*, niemals bei ihrem Namen. Ich war das einzige schwarze Schaf der Familie. Keiner hatte Respekt vor mir, weil ich unproduktiv war. Alles ist käuflich, sogar familiäre Beziehungen. Hast du Geld, dann bist du jemand. Du hast es nicht, du bist ein kleiner Niemand. Warum bestimmt ein so kleines Wort wie Geld, das die ganze Welt verrückt macht und die Beziehungen zwischen Menschen bedingt, unser Leben? Sogar wenn die ganze Familie zum Essen zusammen kam - wir aßen jeden Tag abends alle zusammen -, schreckte mein Vater nicht davor zurück, mich zu beleidigen. Er sagte: „Guckt Leute, wie der Faulpelz das Essen verschlingt! Er kann nur das. Andere Sachen kann er leider nicht!" Solche Bemerkungen konnten mich nur empören, und ließen mich von keinem meiner Pläne erzählen. Ich war in den Augen aller anderen ein Taugenichts. Niemand außer meiner Freundin wollte an mich glauben. Ab und zu äußerte auch mein Schatz Sorgen um unsere gemeinsame Zukunft. Ich war das Pech in Person.

Einmal gab es einen Trauerfall in der Familie. Einer meiner zahlreichen Cousins, der in Europa lebte, wurde von einem Laster überfahren. Seine Leiche wurde zu uns überführt. Am Tag der Ankunft des Leichnams des Cousins gab es nur Tränen und Schmerz am Flughafen. Der Cousin war der Geldgeber der Familie. Meine Tante und meine Mutter konnte man nicht trösten. Sie hatten fast alle Tränen ihres Körpers herausgeweint. Und meine Tante sagte weinend Folgendes in unserer Sprache: „Tod, warum nimmst du nur die Besten und lässt die Faulen und Unnötigen wie Makaiboo am Leben?" Ich hatte meinen Namen gehört.

Ich war ein Fauler und ein Unnötiger. Meine Mutter hatte ihr Jammern bestätigt. Oh mein Gott! Was habe ich bloß getan, um so was zu verdienen? War das eine Frage des Karmas? Habe ich was Schlechtes in meinem früheren Leben getan? Der Unfalltod meines Cousins hat mir rasch vor Augen geführt, dass ich auswandern musste. Aber mit welchen Mitteln? Europa, meine Hoffnung, wo bist du? Warte auf mich, ich komme! Geld und sein kapitalistisches Denken haben langsam unsere Traditionen verdorben. Der Vater zählt nicht mehr wie viele Kinder er hat, sondern wie rentabel seine Kinder sind.

Lassina ist aus Europa gekommen. Er hatte Geld und gutes Ansehen und konnte sich alle Frauen der Umgebung leisten, aber stattdessen hat er andere Vorlieben entwickelt. Er liebte nicht mehr nur Frauen. Er liebte auch Männer. Er quatschte das überall herum, als ob nur wohlhabende Menschen sich so etwas leisten können. All dem zum Trotz wurde er nicht von seinem Vater zurecht gewiesen. Sein Vater, ein frommer Mensch, war die rechte Hand des Imams unseres Viertels. Was konnte er seinem reichen Sohn sagen, ohne ihn zu vergrämen.

Sogar der Imam schickte Gesandte zu Lassina, dem schwarzen Europäer, um Geld einzutreiben. Keinen hat jemals der Liebesgeschmack von Lassina gestört. Es war der Duft seines Geldes, der alle angezogen hat. Jeden Tag konnte man sehr früh sogar vor dem Tor des Urlaubers Lassina eine lange Schlange von Gläubigen und Ungläubigen, von alten und jungen Menschen sehen. Der Gestank seines Geldes hat ihm Zulauf zu seinem Tor verschafft. Keiner hat ihn weder in der Moschee noch in der Kirche gesehen. Er, der Sohn der rechten Hand und des Freundes vom Iman. Niemand hat es gewagt, vor ihm abfällige Bemerkungen über sein „unmoralisches" Leben zu machen. Sein Geld hat ihn gesäubert und zu einem Heiligen gemacht. Keiner hat je gefragt, woher er das ganze Geld bekommen hat. Lassina, nur diesen Namen auszusprechen, konnte dein Elend wegjagen. Das Geld hat das ganze Viertel blind gemacht, nur mich nicht. Ich bin ich selbst geblieben, ein aufrichtiger Mensch, wie mein Opa es mir beigebracht hatte. Opa sagte mir, als er noch am Leben war, dass alles auf dieser Erde reine Angeberei sei. Man sollte niemals seinen Mitmenschen beneiden, weil er über vergängliche

Sachen wie Geld und Schmuck verfüge. Lassina kam einmal im Jahr zu Besuch und jedes Mal wurde seine Rückkehr in die Heimat gefeiert wie die eines Kriegers, der unzählige Trophäen aus dem Krieg mitgebracht hat. Das ganze Viertel wusste schon viele Monate vorher Bescheid, wann Lassina aus Europa nach Afrika kam. Alle betrachteten mich als einen armseligen und verrückten Typ, der nie einen anderen als sich selbst gemocht hat. Ja, ich war anders, anders, weil ich nicht den anderen hinterherlief, um zu betteln. Ich verträumte meinen ganzen Tag, indem ich unbedingt nach Europa hinwollte. Egal, wo in Europa, sei es im Westen, im Osten, im Zentrum oder im Süden. Ich wollte nur spurlos verschwinden. Ich würde sowieso niemanden vermissen. Meine Geschwister, die einen gut bezahlten Job hatten, waren die neuen Prinzen von Papa und Mama. Ich war eine Last, ein Gewicht und ein Gepäck und keiner wollte den Gepäckträger spielen. Das Gepäck musste sich selber zu helfen wissen.

An Feiertagen habe ich mich immer zurückgezogen. Weggegangen bin ich von der Familie, an Orte, an denen mich keiner kannte. Da habe ich auch andere unglückliche Menschen zur Gesellschaft gehabt. Wir konnten Spaß miteinander haben, ohne von Geld zu reden. Derjenige, der da vor Ort nichts zu bieten hatte, war ohne wenn und aber willkommen. Er konnte Respekt von den anderen genießen. Dort haben wir wie in einer echten Familie gefeiert, ohne uns vorher gekannt zu haben. Es gab da auch keine Angeber wie Lassina, von deren Leben in Europa man nicht die geringste Ahnung hatte. Bei solchen Gelegenheiten und Treffen habe ich verschiedene Bekanntschaften gemacht. Da war ein alter Mann, der alles im Leben verloren hatte, weil er einfach arm war. Politiker und andere Geier derartiger Familien haben ihn voll und ganz ausgeplündert. Der alte Mann erzählte mir, dass die Erziehung eines Menschen sein wahrer Reichtum sei. „Alles kannst du auf dieser verdammt egoistischen Welt verlieren, aber wage es nie und nie und nimmer, deine Erziehung und dein Wesen verderben zu lassen. " Er beteuerte, dass es in der heutigen Welt viel Leid gäbe. Eine gefühlskalte Welt, in der der Sohn seinen Vater ermordet, um ans Erbe zu gelangen, eine verwirrte Welt, in der die Tochter mit dem Mann bzw. Freund ihrer Mutter flirtet oder schläft. Der

Mensch macht den Eindruck, als ob sein Gehirn nicht mehr arbeitet. Bauch und Geschlecht haben die Stelle des Gehirns eingenommen. Der Bauch ist da, um gierig allerlei Unrat zu verschlingen. Man isst und trinkt, als ob die Welt von heute auf morgen unterginge. Die größte Angst aller Zeiten im einundzwanzigsten Jahrhundert wurde von den Mayas ausgelöst. Als im Dezember 2012 der Weltuntergang angekündigt wurde, war der Mensch vollkommen verwirrt und verzweifelt. Er war am Weinen, am Jammern und am Heulen wie ein kleines und trostloses Baby, dem alle Spielsachen entzogen wurden. Diese Panik lässt sich erklären. In der Tat gibt es viele Leute, die in der Wegwerfgesellschaft leben. Sie haben alles und das sogar im Überfluss. Es ist ihnen egal, wie es dem Rest der Welt geht. Die Hauptsache ist für sie, dass die Wirtschaft läuft. Ein Stopp oder eine Krise in der Wirtschaft würde den Tod dieser Menschen bedeuten. Sie kontrollieren die ganze Welt mit ihrem Kapital. Das Geld bleibt ihr Lebenselixier und greift wie ein Schmarotzer alle menschlichen Beziehungen an. Sie wollen zudem ihr Geld genießen können, ohne gestört zu werden. So bemühen sie sich, alle Störelemente aus dem Weg zu räumen. Gewalt und Krieg gehören zu ihrem täglichen Sprachgebrauch. Sie sind bereit ihr Land zu verlassen, um Krieg auf fremdem Boden zu führen. Sie erfinden immer neue Gründe, um Krieg führen zu können. „Krieg belebt die Wirtschaft" hört man immer häufiger.

Lassina, der „schwarze Europäer" war ein schlauer Fuchs. Er kam mit immer neuen Gewohnheiten in die Heimat und erklärte, dass er unter dem Einfluss der Mode stünde. Alle, die nicht denken wie er, bekommen nichts von ihm. Sein Geld gab er jenem, der bloß zu Besuch kam und keine schlechten Kommentare über seine Lebensweise und seine Geschmäcker abgab. Lassina war nicht stinkreich, aber er hatte Geld. Er hatte eine Freundin und auch einen Freund. Er war bisexuell. Je nach seinem Sexbedarf konnte er seine Freundin oder seinen Freund anrufen. Seine Eltern konnten nur tatenlos zusehen. Solange er Geld hatte und spendenfreudig war, war der Rest egal.

Meine Wenigkeit war da am Träumen. Und langsam reiften meine Pläne, um ins „Paradies" zu gelangen. Mein „Paradies" war und ist immer Europa gewesen. Mir war es ganz egal, in welchem Land ich landen würde. Italien, Spanien, Frankreich oder Griechenland, alles war willkommen. Während seines letzten Besuchs hatte Lassina oft erzählt, dass Griechenland und andere Länder im Paradies pleite seien. Dies konnte mich nicht entmutigen, geschweige denn von meinen Plänen abhalten. Ich musste weg. Ich war sowieso ein toter Mensch, nicht tot und begraben, aber sozial tot. Keiner achtete auf mich. Mein Kommen und Gehen kümmerte niemanden in der Familie. Ob ich lebte oder nicht, bekümmerte niemanden. Verschwinden war für mich die einzige Alternative. Ich war sehr gläubig und habe immer Zeit für das Gebet gehabt. Gott selbst kann beweisen, wie fromm ich war. Den Namen Gottes trug ich täglich im Munde. Aber seine Reaktion mir gegenüber war langsam und ich dachte manchmal, dass meine Gebete nicht erhört würden. Ich habe gehört, dass viele Leute ums Leben gekommen sind, weil sie versucht haben, ins Paradies zu gelangen. Ich sage es und wiederhole es. Wie kann man ins Paradies gelangen, ohne Tränen und Blut zu vergießen? Wie kann man aus dem Unheil kommen, wenn man sich nicht durchkämpft? Gehört habe ich auch, dass der Weg zum Paradies versperrt sei. Um da reinzukommen, muss man an viele Türen klopfen. Die Türen sind unter anderem die endlose Kette der Bürokratie. Man muss einen gültigen Pass haben, Geld auf einem Sparkonto im Paradies haben und auch eine sichere Unterkunft und eine Krankenversicherung für den Fall eines Falles. Es stimmt ja, dass viele illegal versucht haben ins Paradies zu gelangen. Manche sind in der Wüste spurlos verschwunden. Die Geier haben sich bestimmt gefreut, auf einmal tausende von Leichen in Verwesung zu sehen und auch mal ungestört fressen zu dürfen. Die, die der Gewalt der Wüste entkommen sind, müssen mit der des Meeres rechnen. Es gibt keinen quälenderen Tod, als den Tod durch Ertrinken. Du siehst dich langsam und hoffnungslos sterben. Hoffnung könntest du haben, wenn du eine Küste in der Nähe sähest, wo du einfach hinschwimmen könntest. Aber inmitten des Meeres ist nur der Tod der Ausweg. Das Rote Meer ist stumm und könnte uns viele Beweise für die Anzahl der im Meer ertrunkenen Männer, Frauen und Kinder geben, die sich auf den Weg ins Paradies gemacht haben. In der Tiefe des Meeres schlummern viele Tote, viele unschuldige Menschen, die sich nicht ihren Geburtsort ausgesucht haben. Zur Schande der jeweiligen Regierungen ihrer Länder mussten sie sterben. Wer soll denn bestimmen, wer leben oder sterben soll? Wer wagt es, sich solch ein Recht herauszunehmen, wer? Die Auswanderung ist älter als das menschliche Geschlecht. Sie existiert seit Jahrtausenden und kein Gesetz auf dieser Erde kann sie aufhalten. Geld macht einen sauber und wohlriechend, aber bewahrt einen nicht vor dem Tod. So habe ich gehört, dass im Paradies auch Menschen sterben. Ihre hochentwickelten Technologien haben sie nicht vor dem Tod bewahrt.

Viele haben Geld angespart, weil sie eine große Angst vor der Zukunft haben. Alles läuft auf Angstschienen. Geld muss angesammelt werden und alles andere wird später besprochen. Du nimmst es wie es ist oder du stirbst. So ist die traurige Realität. Es wird ständig daran gearbeitet, dass der Mensch seinen Naturzustand verlässt. Der Mensch ist ein Tier, egal wie (un)-zivilisiert er auch sein mag. Die Bestie schlummert in ihm und wartet auf den guten Augenblick, um aufgeweckt zu werden. Die ständige Suche nach einer neuen und üppigen Weide ist ein

Beweis dafür. Im Tierreich gibt es einen ständigen Kampf um das Überleben und nur die tüchtigsten und kräftigsten und die intelligentesten Tiere dominieren. Diese Regel gilt genauso in der Menschenwelt. Alle Mittel werden ausgenutzt, um die Schwächeren auszubeuten und niederzuhalten. Um diese Ausbeutung zu legitimieren, werden kuschelnde Regeln mit neuen Begriffen in die Welt gesetzt. Diese Begriffe sind unter anderem Freundschaft, Brüderlichkeit, Freiheit, Gleichheit, Gerechtigkeit und Duldung. Gibt es überhaupt Gerechtigkeit und Freiheit? Die Begriffe sind reine Konstrukte und enthalten atemberaubende Zwischenräume. Unsere Telefonate werden in der modernen Welt permanent abgehört und E-Mails werden unterwegs zum Adressaten gelesen. Dies schränkt unsere Freiheit gewaltig ein.

Mein Traum nach Europa zu gelangen, hatte meine ganze Energie geraubt. Ich verträumte meine ganze Zeit, indem ich nach guten Tipps suchte.

Gott erhörte meine Gebete

Ich konnte endlich ein Visum ergaunern. Ein schwarzer Markt im Lande hatte mir zu einem Visum verholfen, das Sesam-Öffne-Dich für Europa. Nach so vielen Jahren konnte ich endlich ins Paradies. Ich war nach der Erlangung des Sesam-Öffne-Dich finanziell erschöpft und vollkommen verschuldet. Die Schulden hatte ich vor, zu begleichen, nachdem ich im Paradies eingetroffen sein würde. Die Korruption ist manchmal gut und beschleunigt den Lauf der Dinge. Ohne sie, wie hätte ich da ein Visum erlangen können? Ich habe mich mit gefälschten Papieren beworben und es hat wunderbar geklappt. Ich konnte es kaum glauben. Mein Herz hat immer heftiger geklopft, weil ich dachte, ich würde irgendwann von der Polizei abgeholt werden. Jedes Mal wenn ich einen Polizeibeamten sah, konnte ich nicht richtig atmen. Ich hatte den Eindruck, dass mein Herz explodieren würde. Die Angst wegen Fälschung von Unterlagen im Gefängnis zu landen, brachte meinen Schlafrhythmus völlig durcheinander. Ich hatte mir feste Regeln vorge-schrieben und mir vorgenommen, diese nie zu brechen.

Diese Regeln waren u.a. meine Hartnäckigkeit, mein starker und unbeugsamer Wille ins Paradies einzutreten und meine Pläne um die Zukunft verwirklichen zu können. Die Sache mit dem Cousin hatte mich total revoltieren lassen und so war ich entschlossen, meinen Weg allein zu machen. Bei der Visumsuche bekam ich keine Hilfe aus dem Elternhaus. Für alle war ich schon der verlorene und verfluchte Sohn, ein Fauler, der keine Zukunftspläne hat, einer, der immer Unsinn redet. Ein Mensch ohne Fantasie ist wie ein räudiger und herrenloser Hund, der in den Straßen herumgeistert, eine Zielscheibe für allerlei Beleidigungen und Frustrationen. Doch Gott sei Dank, hatte ich endlich den Kreis der räudigen Hunde verlassen. Ich durfte fliegen, ich durfte nach Europa fliegen, ich konnte endlich nach Europa fliegen. Der Cousin Lassina würde nicht mehr der Einzige sein, der Geld verjubeln wird, der Geld verteilen wird. Ich werde, wie er auch, Beziehungen erkaufen können. Mein Vater und der Imam werden ebenso meine guten Partner werden. Geld ist wie Aas und lockt auf einmal zahlreiche Geier und andere aasfressenden Tiere an. Mit Geld kannst du dir den Mond leisten. Die Macht des Geldes ist unbegrenzt. Geld, ein teures und kostbares Parfüm; wenn du damit parfümiert bist, bekommst du schöne und heuchlerische Komplimente von allen und dies verleiht dir natürlich Flügel.

Es war da, mein Visum war endlich da. Das Paradies rückte näher. Ich würde mich jetzt vielleicht benehmen können wie der Cousin Lassina. Geld zieht Frauen an und solange Geld da ist, kann man Frauen massenweise haben, alle Frauenarten: dünn, dick, weiß, schwarz, gelb etc. Ich war mir sicher, ich könnte bald Geld verteilen. Der Imam würde bestimmt auch mein Freund werden. Mein Vater und meine Mutter würden sich sofort an mich erinnern. Aus dem Faulpelz würde jemand besseres werden. Ich würde alles genauso wie der Cousin Lassina machen, nur meine sexuellen Bedürfnisse würde ich unverändert lassen. Man darf ungestört seine Sexualität ausleben, aber mit Respekt anderen gegenüber. Man darf niemanden zu etwas zwingen. Egal, ob man stinkreich ist, egal ob man sich die ganze Welt leisten kann, man kann sich nie die Freiheit des anderen erkaufen. Man sagt ja, dass jedes Ding auf dieser

Erde einen Preis habe und alles eine Frage des Betrages sei, der auf den Tisch gelegt wird. Man muss tief in die Tasche greifen, um den anderen zu kaufen. Wenn es Verkäufer gibt, dann gibt es auch Käufer. Aber glücklicherweise ist nicht alles und jeder käuflich. Es gibt auf unserer Erde noch aufrichtige Menschen, die nicht käuflich sind. Diese Menschenart ist selten und wenn sie überhaupt existiert, lebt sie nicht lange. Es gibt ein Weltungeheuer, das aufrichtige Menschen hasst und deren Rechte mit Füßen tritt. Dieses Monster ist gierig nach Blut und frischem Fleisch und zertrampelt alles auf seinem Weg. Es hat starke Verbündete auf allen Seiten der Welt und regiert die Weltwirtschaft. Es zwingt die Schwächeren, ihm zu folgen und seiner Weltanschauung zu huldigen. Der Cousin Lassina wurde von diesem Ungeheuer ausmodelliert und hat ihm seine Seele verkauft. Wer sich dem Weltungeheuer nicht anpassen kann oder sich verweigert, ihm nachzueifern, ist der Vernichtung ausgesetzt. Das Ungeheuer hat einen komischen Namen, der je nach Kultur und Raum eine lokale Bezeichnung annimmt. In Frankreich nennt es sich *Mondialisation* in England und in den

USA *globalisation*, in Deutschland *Globalisierung.* In China und Russland hat es bestimmt andere Namen, die mir leider unbekannt sind. Ich kann kein Chinesisch. Es tut mir leid. Was ist denn mit Kulturen, die als exotisch und wild eingestuft werden? Um als modern angesehen zu werden, müsste eine Kultur eine anerkannte Schriftform besitzen. Wenn sie die besitzt, kann man sie als modern und global integrierte Kultur bezeichnen. Warum ist die Globalisierung, dieses Ungeheuer in aller Munde? Haben wir uns gemeinsam entschieden, sie willkommen zu heißen? Wenn ja, kann mir jemand das Datum des Treffens geben?

Cousin Lassina, der Allwissende und der Alleskönner, hat mir einmal gesagt, dass es im 19. Jahrhundert eine sogenannte Konferenz in Berlin gegeben hat, bei der das Los der „unzivilisierten Welten", der Unterwelten, entschieden und besiegelt wurde. Was haben die „unzivilisierten Welten" angerichtet, um sowas zu verdienen? Als der Cousin seine Rede hielt, ist es mir sofort eingefallen, dass sich alles um Geld, um Ressourcen, um Rohstoffe, um mehr Raum drehte, einfach um alles, aus dem man Geld machen konnte. Wie nach der Jagd wurde die afrikanische Beute unter europäischen Ländern aufgeteilt. Was haben diese europäischen Länder geleistet, um sich die Aufteilung Afrikas zu erlauben? Wenn du etwas nimmst, das dir nicht gehört, heißt das in der juristischen Sprache Diebstahl, Klauen, Rauben. Es gibt unzählige Synonyme, um diesen Tatbestand zu beschreiben. Aber im Namen der Globalisierung spricht keiner von diesem Sachverhalt. Es ist „normal". „Unzivilisierte" Menschen müssen „zivilisiert" werden und die Europäer sind heute damit zufrieden, ihre Mission erledigt zu haben. Aber wie viele Kulturen wurden im Namen der europäischen Zivilisation und der Globalisierung vernichtet oder sind vom Aussterben bedroht? Meinen Vorfahren wurde in der Kolonialschule gesagt, dass ihre Ahnen Gallier seien. Die Franzosen haben das in die Köpfe armer Afrikaner während der Kolonialzeit so brutal hineingeprügelt, dass heute zahlreiche Afrikaner Zweifel daran haben, dass der Afrikaner noch ein menschliches Wesen ist, und sich fragen, ob er nicht vielmehr ein Untermensch ist. Viele haben das richtig verinnerlicht. Die einen versuchen, sich genauso wie der damalige Kolonialherr zu verhalten; sie versuchen, wie er zu reden und sich wie er anzuziehen. Die anderen hingegen versuchen, soweit es ihnen möglich ist, *Afrikaner* zu bleiben. Aber diese tun sich sehr schwer mit dem *Afrikanersein.* Sie werden von den sogenannten zivilisierten Afrikanern als Zauberer und Widersacher der Moderne betrachtet. Als damalige Gallier oder französische Bürger waren Afrikaner der Zwangsarbeit und allerlei Rechtlosigkeiten ausgesetzt. Die Rohstoffe ihres Landes wurden ausgebeutet und nach Frankreich verschickt. Kolonien, die für die äußeren Mächte wirtschaftlich nicht rentabel waren, wurden einfach abgeschafft und unter Nachbarkolonien aufgeteilt. Meine Vorfahren wurden in den beiden Weltkriegen als Soldaten eingezogen und eingesetzt und ohne Visum nach Frankreich verschifft, um das Land von den Nazis zu befreien. Nach dem Krieg wurde ihnen gesagt, es werde ihnen besser gehen, wenn sie weiter unter französischer Kuratel stünden. Das alles, was sie in Frankreich erlebt und gesehen hatten, dazu beigetragen hatte, den Mythos der Unbesiegbarkeit des Europäers im Allgemeinen arg in Mitleidenschaft zu

ziehen. Die Demystifizierung der Gött-
lichkeit des Galliers hat in dieser Zeit
begonnen. Schwarze haben auch
gesehen und erlebt, wie grausam der
Krieg auf dem europäischen Boden war.
Dies trug ferner dazu bei, nicht mehr
das Böse und das Primitive in Afrika zu
verankern. Das Böse hat keine Farbe
und keine Rassenzugehörigkeit. Es
manifestiert sich in allen Kulturen in
unterschiedlichen Formen. Die Medien
berichten bis heute noch von dieser
Barbarei des vergangenen Jahrhun-
derts in Europa. Das Menschenleben
wurde zunichte gemacht. Nach alldem,
was Afrikaner, meine Ahnen, in Europa
erlebt haben und wobei sie auch
mitgeholfen haben, in einem weiß-
weißen Krieg Weiße zu töten, verlangten
sie ab sofort ihre Unabhängigkeit, eine
radikale Trennung von der
französischen Grande Nation. Alles lief
gut in der Vergangenheit, solange die
Neger nichts von ihren Rechten
wussten. Plötzlich wurden aus den
wilden Indigenen dank der Bildung
kluge Menschen, die nach ihrer Freiheit
verlangten. Sie können neben ihren
jeweiligen Muttersprachen auch
Französisch und aus den beiden
Sprachen machen sie ein gutes
Zusammenspiel, bei dem selbst

Franzosen manchmal Schwierigkeiten haben, es zu verstehen. In diesem Kontext sind das *Nouchi*, das *Mochichi* und viele weitere afrofranzösische Pidginformen als Tropenfestmachung der französischen Sprache entstanden. Die Tropenfestmachung der Sprachen betrifft nicht nur die französische Sprache, sondern auch Sprachen anderer großer europäischer Nationen wie Deutschland. In der Tat, für diejenigen, die in Afrika Germanistik studieren, ist es üblich solche Formen anzutreffen, die Deutsch, Französisch und die Lokalsprachen miteinander vermischen. Diese Form ist nur von den Sprechenden zu verstehen. Eine Art Code, um ihr Gespräch zu verschlüsseln. Diese Formen sind auch in der Literatur und in der Alltags-kommunikation anzutreffen. Die damaligen kolonisierten Völker ver-suchen jetzt ihre ehemaligen Kolonial-herren zu kolonisieren. Seitdem die Franzosen von den Intentionen meiner Ahnen wissen, ihr Land von deren Unterwerfung zu befreien, haben sie unverzüglich die Bedingungen der Beziehungen drastisch geändert. Die damaligen Gallier, gemeint sind die Afrikaner des damaligen französischen überseeischen Imperiums, verloren ihren Status als französische Bürger, als Gallier eben. Aus Ihnen wurden einfache Afrikaner und Neger mit einer großen Klappe. Die Visumspolitik sowie die Einwanderungspolitik wurden einschneidend verschärft. Der Weg vom Afrikaner sein zum Gallier werden und plötzlich wieder zu *Afrikanerwerden* war lang und hat viele Afrikaner traumatisiert und verwirrt. Die Unabhängigkeit sah für afrikanische Analphabetenmassen wie ein schön verpacktes Geschenk der europäischen Kolonialmächte an Afrika aus. Die Unabhängigkeit war in ihren Augen ein Koffer voll Geld, der Afrika geschenkt wurde. Für die anderen war sie aus Gold, aus edlen Steinen und nur die Eliten saßen darauf und wollten mit niemandem teilen. Diese eigennützigen Eliten, sie sind bis heute Last und Plage des Kontinents.

Mein Visum war endlich da. Allerdings war ich nun auch hin und her gerissen. Ich würde mein Land verlassen. Bekannte Gesichter würde ich lange nicht mehr sehen können. Mein Dank galt trotz allem diesem alten Mann, dem Einzigen, der mich jemals unterstützt hat, mit dem Wenigen, was er hatte. Werde ich meine Eltern bedauern? Werden sie mich vermissen?

Ich glaube nicht. Wenn ich Geld verdiene, dann werde ich mich vielleicht beliebt machen. Sie mochten mich nicht, weil ich finanziell völlig mittellos war. Von meinem Europaprojekt wusste keiner in der Familie. Ich hatte mich tief verschuldet, um meine Pläne Wirklichkeit werden zu lassen. Aber ich machte mir keine Sorgen. Geld gab es genug im Paradies. Es fällt Geld vom Himmel herunter. Man braucht sich nur nach Herzenslust zu bedienen. Lassina hatte uns zumindest dazu verleitet, eine solche Vorstellung über das Paradies zu entwickeln. Das Visum verleiht mir schon Flügel. Europa, mein Paradies, ich komme!

Der Flug ins Unbekannte

Ich habe euch leider nicht erzählt, wie ich mein Visum bekommen habe. Wollt ihr es wissen? Okay, dann erzähle ich es euch. Das Visumprozedere ist sehr kompliziert und es gilt, unzählige Unterlagen einzureichen. Die Europäer wissen alle, dass, wenn Europa plötzlich seine Grenzen nur für dreißig Minuten öffnen würde, sich tausende von Menschen in Bewegung setzen würden, um auf den gepriesenen Kontinent zu kommen. Keiner wird hinten anstehen wollen. Das Paradies macht seine Türen auf! Armut, Korruption, Regierung auf Lebenszeit und weitere schwere Lasten erschweren vielen Afrikanern das Leben. Deswegen wollen viele diesen „Gott verlassenen Kontinent" verlassen, um ins Paradies zu gelangen. In den westabendlichen Filmen wird die Schokoladenseite des Paradieses gezeigt. Menschen scheinen dort keine Sorgen zu haben. Sie sind alle glücklich. Ob diese Freude in den Gesichtern künstlich oder real ist, kann man nicht wissen. Man sollte sie selber erleben und bekunden.

Ich habe vor ein paar Jahren eine reife Frau kennengelernt. Das ist eine weiße Frau, eine nie verheiratet gewesene Frau. Sie hat immer in meinem Land Urlaub gemacht. Ich war ihr Fremdenführer. Mit der Zeit sind wir uns näher gekommen und sie versprach mir, mich eines Tages aus der Hölle herauszuholen. Sie hat mir mehrmals Geld überwiesen, damit ich ein besseres Leben führen konnte. Ich dachte, dass sie mich vergessen hatte. Aber nein! Eines Tages bekam ich einen Anruf und sie war am anderen Ende der Leitung. Sie hatte schon wichtige Unterlagen für mich anfertigen lassen und wollte sie mir zukommen lassen. Die Post brauchte mehr als drei Monate bis sie endlich ankam. Ich habe ruhig mein Sesam-Öffne-Dich bei der Post abgeholt. Bei der paradiesischen Botschaft wurden mir unzählige Fragen gestellt. Die Fragen zielen auf Aspekte wie:

- Woher kennen Sie sie (gemeint war die Dame)?
- Wie ist Ihre Beziehung zu ihr?
- Können Sie *Paradiesisch*?
- Was wollen Sie im Paradies machen?
- Wie werden Sie untergebracht werden?"

Obwohl meine Freundin vom europäischen Festland alle Unterlagen ordnungsgemäß geschickt hatte, mussten trotzdem solche Fragen gestellt werden, die für viele unnötig und absurd klingen. Aber, na ja, so ist die Welt. Andere Länder, andere Sitten. Die Vorbereitungen für meine Reise habe ich ganz heimlich getroffen. Ich wollte nicht, dass jemand etwas von meinen Plänen mitbekam. Meine Freundin, meine afrikanische Freundin, die ich zur Frau nehmen wollte, hatte mir das Herz gebrochen. Als ich in Armut und Demut lebte, hatte sie mich im Stich gelassen. Wie ein räudiger Hund wurde ich von ihr ausgesetzt. Sie hatte, wie viele andere in meinem Viertel auch, gemerkt, dass ich mittlerweile viel unterwegs gewesen war. Nur wozu und warum konnte sich keiner erklären. Während der Tee-Debatten im Viertel, die wir organisierten, und an denen ich mich regelmäßig beteiligt habe, war ich aber stumm wie ein Fisch. Ich bat nicht mehr um Tee. Die Tee-Debatten drehten sich immer um dieselben Themen: Frauen, Geld, Politik und Schlecht-macherei. Für den Tee und den Zucker musste jeder in die Tasche greifen. Die Tee-Debatten waren eine Runde und jeder, der einen guten Verdienst hatte, konnte sich freuen, die Kumpel bei sich zu empfangen und diese mit Tee und Essen willkommen zu heißen. Ich konnte aufgrund meiner gravierenden Armut leider niemanden einladen und musste bei den Veranstaltungen jener Tee-Debatte das Mädchen für alles spielen. Dabei fiel mir einfach das Organisatorische zu. Ich musste mich am Ende mit einem einfachen heuchlerischen Dankeschön begnügen. Manchmal musste ich mir Sachen anhören, die mir nicht gefielen. Es war, einfach so, die Macht und die Regeln des Geldes eben. Die Reichen diktieren seit eh und je die Regeln des Lebensspiels. Sie bestimmen alles und erlauben sich sogar, unser Leben zu kontrollieren. Streiks der Hungernden gegen die dicken und fetten Reichen sind oft auf unserer Welt zu sehen. In entwickelten Ländern und auch in Entwicklungsländern ist es zu beobachten, dass die Zahl der Hungernden kontinuierlich steigt. Es ist ganz normal, jeder strebt in seinem persönlichen Leben nach dem Paradies, nach einem besseren Leben. Niemand sieht ein, arm sterben zu müssen. Der Tod zählt nicht zu unseren Lebenszielen. Er ist ausgeschlossen; wir leben wie unsterbliche Menschen und das Geld verleiht uns Flügel, wie *Red Bull*, das einem unsichtbare Flügel verleiht. All diese Demut hat mich nicht schwach gemacht. Ich bin stark aus ihr hervorgegangen und habe einen Weitblick bekommen, der all mein Handeln leitet.

Das Visum hatte ich jetzt in der Tasche. Die Türen des Paradieses konnten sich nun öffnen. Das Visum ist wie das Zauberwort, mit dem Ali Baba die Höhle geöffnet hat. Ich war jetzt wie Ali Baba, nur mein Zauberwort lautete nicht Sesam, sondern Visum.

Endlich kam der Tag der Abreise. Ich hatte nicht viel mitzunehmen. Niemand würde auf den Gedanken kommen, dass ich eine wichtige Reise antreten würde. Keiner. Mit meinem Rucksack verließ ich gegen 15 Uhr 30 das Elternhaus. Ich hatte meine alten und dreckigen Klamotten an und meinen Rucksack hatte ich auch gepackt. Als ich vor dem elterlichen Hof stand, seufzte ich und hielt inne. Ich konnte zum letzten Mal den Hof meiner Eltern sehen und mich in aller Stille und Ruhe verabschieden. Ich sah meinen Vater, der auf die Toilette ging. Er warf mir keinen Blick zu. Meine Mutter, die von der Mühle kam, sah mich vor dem Tor stehen, aber sagte kein Wort zu mir. Ich bin immer das schwarze Schaf der Familie gewesen. Dem Armen kann man jederzeit die Schuld in die Schuhe schieben. Auf der

Straße sagen die Leute, Wasser wäscht den Körper des Menschen, aber Geld macht ihn sauber und sanft. So traurig ist es. Meine Mutter, meine leibliche Mutter, ging an mir vorbei, ohne mir ein einziges Wort zu schenken. Für sie war ich sowieso tot, weil ich arm war. Geld kommt und geht. Dieser Geldverkehr macht die einen reich und die anderen arm und umgekehrt. Das ist ein kontinuierliches Spiel, das schwer zu begreifen ist. Ich wollte meiner Mutter auf Wiedersehen sagen, aber mein Mund und meine Stimme machten nicht mit. Ich war wie versteinert, als sie an mir vorbeiging. Meine innere Stimme sagte: „Mama, Mama, ich gehe, ich fahre, ich fliege endlich nach Europa. Ich habe es geschafft. Ich bin kein Taugenichts. Ich bin dein Sohn und du solltest stolz auf mich sein. Mama,... Ich gehe, aber vielleicht für immer. Ich brauche deinen Segen". Aber meine eigene Mutter hatte mich längst vergessen und hörte auf die üble Nachrede anderer Menschen über mich, die unserer Familie völlig fremd waren. Vieles wurde über meine Wenigkeit erzählt. Bei den einen hieß es, ich nehme Drogen und es wird nichts aus mir. Was die anderen anbelangt, so bin ich ein Niemand, ein Taugenichts und einer, dem niemand eine Träne nachweint, falls ihm etwas zustößt. Während meines kurzen Innehaltens vor dem Familienhof spielten sich viele Gedanken in meinem Kopf ab. Sollte ich hier bleiben, um so weiter zu leben oder sollte ich den Entschluss fassen, die Kette des Unglücks zu brechen?

Die Entscheidung für die Abreise gewann die Oberhand. Mein Freund war da. Er war gekommen, um mich abzuholen. Er sollte mich in die Stadt fahren, an einen Ort nicht weit vom Flughafen. Er wusste auch nicht, was ich vorhatte. Er war der Einzige, der mir in guten und schlechten Zeiten treu geblieben ist. Ich hatte ihm vor einer Woche gesagt, er sollte mich an diesem bestimmten Tag in die Stadt fahren und er hatte ohne Zögern zugesagt. Ich gehe. Ich fahre. Ich fliege. Der Check-in am Flughafen war um halb sechs vorgesehen. Es war besser, sich früh auf den Weg zu machen. In der Hauptstadt kam es häufiger zu Staus und Engpässen. Unfälle verursachen auch monströse Staus und dann immer die gaffenden Leute, die sich am Unfallort versammeln. Dies erschwert die Arbeit der Polizei, die sich nach einem Unfall nicht unmittelbar blicken lässt. Die am Unfall beteiligten Parteien müssen sogar manchmal für die Polizei das Benzin bezahlen, damit sie den Unfallort überhaupt aufsucht. Dies kümmert die Politiker natürlich nicht. Es ist einfach mehr als bedauerlich, dass man nach einem Unfall stundenlang auf die Polizei warten muss. Die Fahrt von meinem Viertel zum Flughafen dauert ungefähr dreißig Minuten, wenn alles reibungslos ohne Staus und Unfälle abläuft. Mein Freund ließ mich wie geplant an einer Ecke nicht weit vom Flughafen raus und verabschiedete sich. Ich habe allein dort gewartet. Meine Klamotten in dem Rucksack waren sauber. Ich hatte sie auf dem Flohmarkt gekauft, gewaschen und dann gebügelt. So sah die gebrauchte Kleidung wie neu aus. Für meine Reise hatte ich nicht viel zum Mitnehmen. Ein kleiner Rucksack und ein kleiner blauer Koffer waren das Wesentliche für die große Europareise. Ich schwankte zwischen Freude und Bedenken. Die Freude bezog sich auf die Reise, auf das Glück, einen neuen Horizont entdecken zu können. Die Bedenken hatten etwas mit meinen verborgenen Ängsten zu tun. Viele Touristen sind sehr nett, wenn sie sich auf fremdem Boden befinden. Meine Freundin aus Europa war als Touristin zu uns gekommen und wir lernten uns näher kennen. Sie war während ihres langen Aufenthalts bei uns sehr nett. Wird sie auch genauso sein, wenn ich bei ihr eintreffe? Diese Frage konnte mir niemand mit Sicherheit beantworten. Nach der Gepäckabgabe am Flughafen fand ich eine kleine Kneipe in der Nähe, wo ich etwas trank. Es gab auch dort viele Reisende, die wie ich denselben Flug nehmen würden. Viele wurden von Familienangehörigen begleitet. Bei mir war niemand. Es war mir auch egal. Wer hätte es mir abgekauft, wenn ich von meiner Reise erzählt hätte. Ich wurde bei mir zu Hause wie auch bei Bekannten in meinem Viertel als ein Nichts angesehen, als ein Verdammter, der seine Zeit nur verträumt hatte. Aber jetzt war ich am Flughafen, kurz vor den Toren Europas, kurz vor dem Paradies. Viele Leute versuchen tags und nachts illegal in dieses Paradies zu gelangen. Aber ich hatte Schwein gehabt. Ich würde den Flug nehmen. Aber vorher wollte ich mich noch von meiner Mutter verabschieden. Ich verließ die Kneipe kurz und begab mich in Richtung einer Telefonzelle. Ich wollte meine Mutter sprechen. Ich wollte ihr auf Wiedersehen sagen. Einmal in der Telefonzelle verließ mich die Idee, meine Mutter anzurufen, jedoch nahm ich sie sofort wieder auf. Sie hatte mich doch gesehen, als ich vor dem Familienhof mit Koffer und Rucksack stand. Warum sollte ich mit ihr telefonieren? Meine Mutter bleibt meine Mutter und kann nicht ersetzt werden. Sie war nicht immer schlecht zu mir. Die Gier meines Vaters nach Geld, nach mehr Geld hat die Familie auseinandergerissen, anstatt sie zusammen zu schweißen. Ich stand in der Telefonzelle und konnte keine Nummer wählen. Was würde ich sagen oder erzählen? Ich ging zurück in die Kneipe und wartete ruhig auf meinen Flug. Meine Mutter war seit einiger Zeit nicht mehr nett zu mir. Ich verzichtete auch auf das Telefonat, weil ich keine abfälligen Bemerkungen und Beschimpfungen vor der Abreise brauchte. Ich wollte meinen Kopf freihalten und mich richtig auf die Reise ins Unbekannte konzentrieren. Endlich kam die Zeit des Abfluges. Die Polizei hatte alles bei mir kontrolliert. Ich war sauber. Ich durfte in die Maschine einsteigen. Die Kontrolle bei der Polizei war die Reinigung. Sicherlich würden sie uns nochmals vor dem Eintritt ins Paradies durchsuchen. Es ist immer so gewesen. Der Weg eines armen Menschen ist immer voller

Hindernisse. Es wird in heiligen Büchern gepredigt, dass es sehr viel leichter für arme Menschen ist, ins Paradies zu gelangen, als für reiche. Wenn es so ist, warum sind fast alle Religionsführer reich und einflussreich? Viele besitzen alles, was die heiligen Bücher verwerfen. Sie haben Geld und können sich alles leisten, sogar die Frauen ihrer Anhänger. Ich nahm Platz im eisernen Vogel. Das war ein Riese. Es gab darin junge und schöne Frauen mit verlockendem Lächeln. Für jeden Fluggast gab es ein nettes und schönes Wort. Sogar meine Wenigkeit bekam in der Maschine Respekt und Aufmerksamkeit geschenkt. Die Maschine war nach nur ein paar Minuten im Himmel Richtung Paradies. Ich flog ins Paradies. Der Flug dauert gut acht Stunden. Während dieser Zeit wurde jeder Fluggast wie ein Pascha in Istanbul behandelt. Essen und Trinken waren da und die schönen jungen Damen auch. Sie wurden nie müde und gingen allen Wünschen der Fluggäste nach. Ich saß neben einem alten weißen Mann, der am Anfang sehr misstrauisch war. Bestimmt hatte er sich allerlei Schemata in seinem Köpfchen zurecht gelegt. Er hat mich ein paar Mal angeguckt. In seinen Augen konnte ich nur Misstrauen und Abstand lesen. Aber seine Neugier war zu groß, er konnte sie schier nicht mehr aushalten und irgendwann kamen wir ins Gespräch. Er fragte mich, ob dieser Flug mein erster Flug wäre und warum ich diese Reise anträte. Ich antwortete ganz höflich. Mein Nachbar hat angefangen, mir viele Geschichten über in Europa lebende Schwarzafrikaner zu erzählen. Ich hörte gut zu. Danach konnte ich ihn auch fragen, was er in meinem Land gemacht hat. Er meinte, er sei Goldkäufer. Er käme alle vier Monate für einen Monat, um Gold zu kaufen. Nach diesem kleinen Gespräch tauschten wir die Kontaktdaten aus. Er gab mir seine Visitenkarte. Ich weiß nicht, wann wir beide eingeschlafen sind. Manche Fluggäste waren dabei sich Videos anzuschauen. Ich war tief im Schlaf versunken, als die Durchsage des Piloten mich genauso wie viele andere weckte, das Ziel sei in einer halben Stunde erreicht. Mein Herz fing an, stark zu klopfen. Ich hatte es geschafft. Ich war nur noch dreißig Minuten vom Paradies entfernt. Es war draußen noch dunkel aber ich wollte das Paradies vom Fenster aus sehen. Europa. Ich war schon längst im europäischen Luftraum. Der eiserne

Vogel leitete langsam den Landevorgang ein. Innerhalb weniger Minuten war die Maschine auf der Landefläche. Die Formalitäten dauerten ungefähr eine Stunde. Ein Polizist nahm meinen Pass und guckte mich an, als ob ich etwas verbrochen hätte. Und dann kam die Frage bezüglich des Zwecks des Aufenthalts, obwohl alles schon schwarz auf weiß in meinem Pass stand. Nach einigen Minuten konnte er mich rausgehen lassen. Allena war in der Ankunftshalle und wartete auf mich. Als sie mich sah, lief sie auf mich zu. Sie war sehr froh mich wieder zu sehen. Wir umarmten uns lange.

Das wahre Gesicht des Paradieses

Allena wohnte in der Peripherie einer Großstadt, deren Namen ich hier nicht nennen werde. Dank ihrer zahlreichen Scheidungen von reichen Männern hatte sie sich eine goldene Nase verdient. Ihre Wohnung war riesig. Sie hatte einen großen Garten. Auf ihrem Balkon konnten zehn Leute eine Grillparty feiern. Der WOW-Effekt ließ sich auf meinem Gesicht ablesen. Sie ließ mich die ganze Wohnung besichtigen. Europa war teuer genug und um hier eine eigene Wohnung zu besitzen, musste man wirklich stinkreich sein. Ich war im wahren Paradies gelandet. Es waren Autos auf allen Straßen zu sehen. Allena lebte nicht allein. Sie hatte einen Freund, einen treuen Freund, einen Schäferhund namens Medor.

Hunde, Katzen, Schlangen und andere Tierarten werden im Paradies sehr gut gepflegt und geschützt. Sie haben fast genau dieselben Rechte wie Menschen. Bei mir werden sie auch gepflegt, aber auch gegessen. Ich erinnere mich noch an meine Kindheit. Die Katzen der Nachbarschaft sind häufig spurlos verschwunden. Wir haben immer Fallen mit Fischköpfen oder Fleisch aufgestellt, um die Katzen anzulocken und sie zu fangen. Die Fallen haben einen Namen, sie heißen Kathedralen. Es ist ein Käfig mit einer Eingangsschleuse. Darin gibt es einen Haken, der mit einer Schnur verbunden ist. Der Fischkopf oder das Fleischstück wird auf diesem aufgehängt, so dass, wenn die Katze den Köder berührt, sich die Schleuse automatisch schließt. Das Tier ist dann gefangen. Wir hatten manchmal reichliche Beute. Der Katzenbestand der Nachbarschaft reduzierte sich ganz drastisch. Die Kindheit ist eine naive Periode des Lebens, in der man alles mechanisch und instinktiv macht und nachahmt. Sicherlich würden die Einwohner des Paradieses mich als Teufel betrachten, wenn sie jemals erführen, was ich mit den Katzen gemacht habe. Ein Katzen- und Hundefresser in der Nachbarschaft ist keine gute Sache. Sie würden mich sicher im Auge behalten und die Polizei würde immer in Alarmbereitschaft sein. Meine Präsenz allein ruft scheele Blicke hervor. Was würde denn aus mir werden, wenn Katzen und Hunde sich meinetwegen nicht mehr in Sicherheit wiegen könnten. Na ja, ich esse kein Katzenfleisch mehr. Die Nachbarn können sich also beruhigen.

Die Besichtigung des Hauses von Allena dauerte circa dreißig Minuten. Sie wollte mir einfach alles zeigen. Sie zeigte mir zuerst mein Zimmer. Ich war von der langen Reise müde. Ich habe geduscht, etwas gegessen und dann ging ich ins Bett. Medor, der anfangs ganz misstrauisch war und mich laut angebellt hat, wurde langsam zutraulich und kam mit der Zeit näher zu mir. Europa, ohne es richtig betreten zu haben, fing an, mir einiges von seinen verborgenen Geheimnissen zu verraten. Meine Gastgeberin wollte mich nur für drei Monate bei sich haben. Für die Zeit danach musste ich auf eigene Faust etwas unternehmen. Zwei Optionen wurden mir angeboten. Ich konnte entweder nach drei Monaten entscheiden zurück nach Hause, in die Hölle zu fliegen oder ich konnte auf eigene Verantwortung im Paradies bleiben. Ich war gerade mal da und Sinn und Zweck meiner Anwesenheit war es, für mich innerhalb von drei Monaten eine rasche Lösung zu finden. Allena war älter als ich, aber hatte vor mir schon von Anfang an ihre Absichten nicht verheimlicht. Sie wollte endlich einen *Lover* in ihrem Leben. Jemand, auf den sie Tag und Nacht bauen konnte. Der Plan war, dass ich ihrem Anliegen nachgebe, wir heiraten und ich dadurch meine Papiere bekommen würde. Als ich angekommen war, war sie irgendwie verwirrt. Sie hat mir in den ersten Tagen meines Aufenthalts erzählt, dass sie mich heiraten würde, aber die Angst ihrerseits noch zu groß sei. Sie kenne mich nicht genug und sie habe bisher keinen schwarzen Mann in ihrem Leben gehabt. Allena war nur ein paar Jahre jünger als meine eigene Mutter. Sie äußerte Sorgen vor den Reaktionen ihres Freundes- und Bekanntenkreises. Sie hatte Angst davor, von ihren Freunden, Bekannten sowie von ihrer Familie verlassen zu werden. Ich war in einer Beobachtungsphase. Meinem ersten Fehler wurde aufgelauert. Ein falscher Schritt meinerseits könnte all meine Träume platzen lassen. Ich fühlte mich wie in einem Gefängnis ohne Mauern. Ich saß jetzt in einer Falle. Der neue Henker hatte jetzt einen anderen Namen. Er hieß Allena. Ich hatte von nun an keine Persönlichkeit mehr und musste unter ihrem Pantoffel leben. Die Nachbarn haben mich immer komisch angegafft. Ich glaube, sie hatten vorher noch niemals einen Schwarzen, einen Dunkelhäutigen gesehen. Die

Umgebung der Wohnung habe ich zusammen mit Allena erkundet. Ich wusste jetzt, wo die Bäckerei, das Milchgeschäft und die Fleischerei lagen. Die beiden Supermärkte an der Ecke habe ich auch mal besichtigt.

Der erste Besuch im Supermarkt war ganz gut, bis eine Bande von Typen alles fast versaut hat. Allena und ich standen in der Schlange. Ein Typ mit Glatze kam mit seinen Kumpeln. Sie waren alle schwarz gekleidet und als sie mich sahen, fingen sie an zu schimpfen und zu fluchen: „Es gibt zu viele Neger in diesem Land! Wer holt solche Scheiße hierher? Das ist einfach zum Kotzen". Ich dachte, ich träume. Alle Blicke im Supermarkt richteten sich auf mich, als ob ich etwas verbrochen hätte. Die Kerle blieben nicht lange. Sie gingen fort. Ich war innerlich schockiert, aber ich dachte mir, die sind ja nicht der Grund meines Kommens nach Europa. Ich habe andere Motive, die mich zu der Europa-Reise bewogen haben. Die Motive waren stärker als die Probleme, die einem in den Weg gelegt wurden. Allena erklärte mir, dass es in ihrem Land oft so sei und dass diese Leute, die mich beschimpft hatten, sich Skinheads oder auch Neonazis nannten und überall im Paradies zu finden seien.

Sie benehmen sich wie Gesandte Satans im Paradies und sie stören seine Ruhe durch ihr Verhalten absichtlich. Sie waren eine Sondererscheinung für mich. Ich musste physisch und psychisch stark sein. Sonst würde ich ausflippen. Ich war jetzt seit einem Monat im Paradies. Allena behandelte mich noch gut. Sie wollte heiraten, aber sie war immer noch unsicher. Ich war für sie zum Verhängnis geworden, eine Art Last und Allena wollte anscheinend keine Lastträgerin sein, vor allem in diesem Fall: die Last war ein schwarzer Mann.

Jede Nacht wollte sie mehr und mehr Sex von mir. Mein „nein" ließ das Glück aus den Fugen geraten. Ich konnte nur tatenlos zusehen, zumal ich ihr ausgeliefert war. Nicht nur Frauen werden von Männern vergewaltigt, Frauen vergewaltigen auch Männer und das kümmert keinen Menschen. Frauen werden im Paradies genauso wie Männer behandelt. Sie haben eine schulische Ausbildung, ein eigenes Gehalt und ihr Konto. Sie dürfen genauso wie Männer arbeiten. Im Gegensatz zu meiner Heimat, in der Frauen immer noch von Männern abhängig sind, sind die hiesigen Frauen im Paradies frei. Sie können, wenn sie wollen, heiraten oder nicht. Allena hatte mir viel von dem Leben der Frauen in ihrem Land erzählt. Die Tage vergingen schnell. Wir waren schon bei der Ausländerbehörde, einer Behörde, die die Einreise von Ausländern ins Paradies kontrolliert, gewesen. Sie ist wie eine Gottesinstanz, die entscheidet, wer ins Paradies kommt und bleiben darf und wer nicht. Ich musste nochmals zur Behörde. Man hatte mich postalisch zu einem anderen Termin eingeladen. Mein Herz klopfte, als ob ich etwas verbrochen hätte. Aber Allena konnte mich beruhigen. Sie hatte alles vorbereitet. Ein einziges Wort von ihr und alles sei geritzt. Sie wollte für mich bürgen, aber so durfte ich nicht arbeiten gehen. Um arbeiten zu dürfen und mich langfristig im Paradies aufhalten zu dürfen, musste ich entweder heiraten oder ein Kind mit einer hiesigen Frau kriegen. Manche Frauen lassen sich für Geld schwängern. Sie verlangen von einem von vornherein viel Geld. Eine Ratenzahlung ist ausgeschlossen. Die Hälfte des zu zahlenden Betrages wird ausgezahlt. Man trifft sich in einem Café oder in einer Kneipe. Dort wird dann die Hälfte des Betrages gezahlt. Erst danach kann man mit dem

Versuch anfangen, ein Kind zu bekommen. Das makabre Spiel fängt an und geht weiter. Der eine möchte ein Kind, um sein Bleiberecht zu sichern und die andere möchte das Geld und zwar immer mehr Geld ergaunern. Alles kann gut verlaufen. Aber manchmal läuft das Ganze schief, weil die Mutter des Kindes zu gierig ist und der Betrag erheblich steigt. Bei solch einem Geschäft gibt es kein Mitleid. Die Schwangerschaft kann jederzeit einen neuen Abnehmer finden. Wer mehr Geld auf den Tisch legt, bekommt den Schlüssel für ein schnelles Verbleiben im Paradies. So sind unzählige junge Afrikaner in die Falle gegangen, weil sie unbedingt das Sesam-Öffne-Dich wollten, das Papier, ein europäisches Papier. Ein Stück Papier lässt uns unsere Seele an den Teufel verkaufen. Würde und Ehre sind leere Worte für diese Leute, die anfangs meist mit einem bestimmten Ziel nach Europa gekommen sind, etwa dem Studium. Viele haben Frau und Kinder sitzen lassen und sind einfach spurlos verschwunden. Die Kinder werden von ihren Müttern mit Hilfe des Staates versorgt und erzogen. Meistens haben die Frauen keine Stabilität mehr, nachdem der Ehepartner oder der

Freund weg ist. Allein in Europa ist es schon schwierig, mit einem Kind oder mit Kindern an der Backe ist es noch schwieriger. Dies hat natürlich viele Klischees entstehen lassen. Im Internet kann man zum Beispiel Folgendes lesen: *once you go black, you are a single mother*. Mir bricht es das Herz, so was zu hören. Ein Afrikaner, ein wahrer Afrikaner verlässt und vergisst nie seine Kinder. In Afrika haben die Eltern meistens viele Kinder. Trotzdem werden die Kinder von den Eltern versorgt und erzogen. Ein wahrer Vater ist ein Mann, der immer für seine Familie da ist und durch sein Handeln als Vater verdient er den Respekt seiner Kinder. Genauso ist es auch im Paradies. Ein richtiger Mann drückt sich nicht vor seiner Verantwortung.

Ich wollte meine Würde bewahren und auf der Suche nach einem besseren Leben niemandem Schaden zufügen. Warum sollte ich ein Kind mit einer Frau zeugen, die ich nicht liebte? Als Mensch mit Prinzipien sagte ich mir, sollte das vorkommen, dass eine Frau im Paradies von mir schwanger würde, würde ich meine Verantwortung tragen, mich nicht wie ein Arschloch benehmen und nicht davon laufen. Europäische Frauen sind genauso wie afrikanische Frauen. Sie sind kein Mittel zum Zweck, genauso wie die afrikanischen Frauen kein Mittel zum Zweck sind. Die Frauen sind zwar aus unterschiedlichen Kulturen, aber sie werden alle Frau genannt. Sie sind einfach Menschen, die wie alle, nach Liebe und Respekt suchen. Ein wichtiger Beweis dafür ist, dass das, was die europäischen Frauen vor hundert Jahren erlebt haben, die heutigen Frauen in Afrika in verschiedenen Formen erleben. Ich wollte arbeiten und meine Träume verwirklichen. Es war immer mein Traum gewesen, ins Paradies zu kommen, um arbeiten zu können. Gott hat hier bei vielen keinen wirklichen Platz mehr. Er wird durch Technologie und Geld ersetzt. Dein Geld ist dein Gott und deine Macht. Ohne Geld verkümmerst du. Dein Geld ist dein Lebenselixier und deine Seele. Ohne es bist du wie einer, dem ein Bein fehlt. Sogar für die Verlängerung des Visums wird geguckt, wie viel Geld du auf dem Konto hast. Im Paradies braucht man arbeitsame Leute und keine Sozialhilfeempfänger. Du musst mehr geben und nach wenig verlangen. Viele illegale Zuwanderer befinden sich noch in Sklavenverhältnissen. Sie müssen schuften und zwar Tag und Nacht. Die Vergütung wird manchmal der Laune des Arbeitgebers angepasst. Viele Absolventen, meistens sogenannte Ausländer, müssen genauso wie nicht studierte Leute tüchtig im Lager schuften. Die Arbeit wird pro Stunde vergütet. Wenn du schwarz bist, und schwarzarbeitest, bist du verloren. Schwarzarbeit ist strikt verboten. Wer Geld hat, bestimmt die Spielregeln.

Allena hatte mir von vielen Sachen erzählt, die im Paradies nicht in Ordnung seien. Manches habe ich selber erlebt. Manches wurde mir erzählt. Geld macht uns verrückt und keiner hat genug davon. Jeden Tag stehen tausende von Menschen weltweit auf und machen sich auf den Weg zur Arbeit, auf den Weg zum Geld. Sogar die heutigen Babys wissen die Macht des Geldes zu schätzen. Einmal saß ich vor dem Fernseher und konnte es nicht fassen, was der Journalist erzählte. Er meinte, Japan gehöre zu den westlichen Ländern, aber Japan ist nicht im Westen von Europa aus gesehen. Ich verstehe manchmal die Einteilung der Welt nicht. Australien ist nicht im Norden des Äquators, sondern in dessen Süden. Wie kommt man zu solch einer Absurdität und solcher

Groteske. Die größte Kohorte der armen Länder befinde sich südlich des Äquators und umfasse afrikanische und lateinamerikanische Länder. Aber auf afrikanischem Boden gab es früher ein Land ohne Schulden mit einem Führer, der für sein Volk gesorgt hat. Die Erträge des Erdöls wurden richtig aufgeteilt und die Mehrheit des Volkes war für ihn. Er wollte eine afrikanische Einheit, aber wurde von Verfechtern der westlichen Demokratie wie ein räudiger Hund vor den Augen der ganzen Welt abgeknallt, ohne dass jemand den Finger gerührt hätte. Sein einziger Fehler war, dass er sich immer geweigert hatte, vor den westlichen Ländern zu kriechen. Nach dem brutalen Mord an ihm wurden viele afrikanische Staatschefs von der Gewalt gegen ihren ehemaligen Amtskollegen abgeschreckt. Immer wieder wenn ein Afrikaner gegen die massive Ausbeutung seines Landes bzw. des Kontinents revoltiert, wird er erschossen oder, wenn er Glück hat, einfach abgesetzt. Ich stelle mir vor, dass eines Tages, wenn es Burkina Faso oder Zentralafrika gelingt reich zu werden, es zu den westlichen Ländern gehören wird, obwohl es sich nicht im Westen befindet. So bestimmen die sogenannten reichen Länder die Regeln auf dieser Erde. Es gibt noch zahlreiche arme und verarmte Länder auf dem europäischen Boden, ich werde keine Namen nennen, aber diese gehören aufgrund der Kartografie und der unmittelbaren Grenzen mit ihren Verfechtern der europäischen Entwicklung und des Fortschritts zum Westen. Man kann sie nicht so einfach loswerden. Eine andere Lösung besteht darin, sie neu zu kolonisieren. Die sogenannte Integrationspolitik in den meisten Ländern Europas geht in diese Richtung. Ausländer müssen sich an die Kultur des Ziellandes anpassen. Sie müssen die Schule neu besuchen, wo sie alphabetisiert werden. Nach der Alphabetisierungsphase kommt die Suche nach Arbeit. Man muss irgendwie das ganze Geld, das man vom Staat ausgezahlt bekommen hat, zurückzuzahlen, indem man arbeiten geht. Durch die Arbeit bekommt man jeden Monat ein bisschen Geld, von dem Sozialabgaben abgebucht werden. Man freut sich riesig über den Ertrag aus eigener Hand und übersieht die Abzüge. Ausgeschlossen von diesem Integrationsverfahren sind Leute wie ich. Mit einem anderen Aussehen und einem anderen Status bin ich nicht im

Integrationsprogramm aufgenommen. Ich habe mittlerweile die Bekanntschaft einiger Afrikaner gemacht, die vor mir ins Paradies gekommen sind. Manche sind sehr qualifiziert mit Abschlüssen in unterschiedlichen Bereichen. Viele unter ihnen arbeiten als Aushilfe im Vertrieb, im Lager oder werden im Restaurant eingesetzt. Es ist ihnen egal, wie sie behandelt werden. Hauptsache ist, dass sie im Paradies sind. Sie sprechen fast perfekt die Sprache des Paradieses, aber dies ist unzureichend, um richtig aufgenommen und angenommen zu werden. An die Rückkehr in die afrikanische Hölle denken sie gar nicht. Sie behaupten, dass sie an einem Ort sind, an dem ihre Rechte beachtet werden und wo sie auch ein Leben voller Würde genießen können. Afrika zählt nicht zu ihren Zielen. Besser im Paradies vergammeln, als in der Hölle schmoren. Verdorbene Politiker haben alle menschenwürdigen Verhältnisse auf dem afrikanischen Kontinent kaputt gemacht und haben den Eindruck erweckt, dass Afrika ein verfluchter Kontinent ist. Charakterlose Politiker haben den Kontinent verkauft und sind bereit, über Leichen zu gehen, um an der Macht zu bleiben. Es werden Menschen eliminiert, gefoltert und ins

Gefängnis gesteckt. Das Volk stellt für sie mehr eine Wahlherde dar als Bürger. Solche Politiker können sich nur so lange eine goldene Nase verdienen wie die Bildung und die Aufklärung des Volkes nicht stattfinden. Alles ist also nicht so dunkel wie geschildert. Es gibt auch gute Politiker, die sich sowohl für ihr eigenes Land als auch für den ganzen afrikanischen Kontinent eingesetzt und geopfert haben. Als Afrikaner bin ich diesen Leuten sehr dankbar. Sie haben ihre Pflicht getan, damit der afrikanische Kontinent nicht rückständig bleibt. Sie haben auch eine riesige Aufklärungsarbeit geleistet. Wenn auf dem Kontinent gestreikt wird, wenn junge Leute auf die Barrikaden gehen, sind diese Helden auf deren Bannern zu sehen. Unter diesen Helden darf ich Kwamé N'Krumah, Patrice E. Lumumba, Thomas Sankara, Samora Machel, Nelson Mandela nennen. Die Liste kann beliebig fortgesetzt werden. Es wimmelt von Helden auf afrikanischem Boden, die leider aus zahlreichen Gründen in Europa unbekannt bleiben. Klar wird gesagt und erzählt, dass die Schulsysteme anders seien, aber der afrikanische Schüler weiß mehr über Europa, über das Paradies, und der europäische

Schüler hingegen wenig über Afrika. Es nützt ihm aber kaum, von diesem reichen und zukunftsvollen Kontinent zu wissen. Der heutige Afrikaner, egal wie intelligent er auch sein mag, wird noch von zahlreichen Europäern als der gestrige Sklave, als primitiver Mensch betrachtet. Jedes Volk war von Anfang an primitiv. Keine Kultur der Erde ist überflüssig. Im Gegenteil, nur die Vielfalt garantiert den Menschen an so vielen Orten die kulturelle Entfaltung. Europa ist Bestandteil des Schulprogramms in Afrika. Die ganze europäische Geschichte wird in der Schule gelehrt. Seit der Kolonialzeit ist das immer so gewesen. Der europäische Schüler weiß nicht viel über Afrika. Für ihn fungiert Afrika als Urlaubsort durch Kenia, Ghana, Ägypten, Südafrika und Namibia, in dem man sich wilde Tiere angucken kann.

Ich habe manchmal den Eindruck, dass Afrikaner selber von manchen Touristen als wilde Tiere angesehen werden, die im Einklang mit anderen Tieren ihrer Welt leben. Es ist wirklich ein trauriges Faktum. Bisher hat es kein Entwicklungsprogramm, das in Europa, im Paradies konzipiert ist, geschafft, Afrika vor der Armut und der Not zu retten, geschweige denn den einzelnen Ländern geholfen, sich weiter zu entwickeln. Es sind an sich Schulden erzeugende Programme, die im Ausland auf die Schnelle konzipiert und gebastelt werden und die nicht unbedingt den afrikanischen örtlichen Realitäten entsprechen. Am Ende der jeweiligen Entwicklungsprogramme zur Rettung Afrikas sind die Empfänger bis zum Hals verschuldet. Auch in Afrika selbst gibt es institutionelle Hindernisse, die manchmal gute und angemessene Projekte blockieren. Ein Projekt, das läuft, wurde nur durch Geldzahlungen unter der Hand gesichert. Viele Absolventen aus Afrika sind nach dem Studium in Europa nach Hause zurückgeflogen und wollten mit ihrem Können etwas in der Heimat bewegen. Sie wurden jedoch durch das korrupte Verhalten ihrer Vorgänger entmutigt. Als Selbstständige dort zu arbeiten ist ein wahrhaftiger Parcours, der einen am Ende total frustriert. Das Startkapital für das Projekt bleibt zumeist in der Bürokratie stecken, weil in jeder Verwaltungsabteilung jeder etwas Geld will. Wer gern was gibt, hat mehr Chancen sein Projekt zu starten. Viele europäische Auslandsfirmen spielen dieses Spielchen, was leider den Staatskassen nicht zugutekommt. Die

Wirtschaft liegt auch in den Händen von Oligarchen, die engere Beziehungen zu Machthabern haben und ihr Monopol nicht durch die Ausführung nachhaltiger Projekte verlieren wollen. Diese Leute sind stinkreich und besitzen Aktien sowohl in Afrika, Amerika als auch in Europa. Sie haben Macht und Geld und wer es wagt, ihnen in die Quere zu kommen oder ihnen ins Lenkrad greifen zu wollen, wird sofort liquidiert oder verschwindet spurlos. Sie stehen über den Gesetzen und der Verfassung. Die Verfassung eines Landes ist für sie wie ein Taschentuch oder ein Stück Toilettenpapier. Sie verstoßen gern gegen die Grundgesetze nach dem Motto Gesetze sind gemacht worden, um gebrochen zu werden. Sie können so viele Gesetze verletzen wie sie es wollen. Im Durchschnitt verletzt der afrikanische Politiker jede Sekunde das Gesetz durch unmoralisches Handeln und durch illegale Geldüberweisung ins Steuerparadies nach Europa. Die Verfassung steht nicht mehr zum Schutz des kleinen und sterblichen Bürgers, sondern zum Schutz der Mächtigen. Jeder Afrikaner, der sich für die sozialpolitische Entwicklung seines Kontinents interessiert weiß ja, dass unzählige politische Morde an einfachen, arbeitsamen und aufrichtigen Bürgern verübt wurden und die Fälle bis dato ungeklärt bleiben. Wir erinnern uns noch an den Fall Norbert Zongos aus Burkina Faso, der aufgrund seiner Ermittlungsaktivitäten an dem Mord des Chauffeurs des Bruders des burkinischen Präsidenten selbst brutal und kaltblütig ermordet wurde. Nach seinem Tod waren Wut und Frustration im Lande zu spüren. Die Ermittlungen wurden eingestellt, weil korrupte Richter nach wissenschaftlichen Beweismaterialien in dem Fall verlangten. Obwohl die vom burkinischen Staat vorgeschlagenen unabhängigen Ermittlungen eindeutige Beweise gegen den jüngeren Bruder des Präsidenten ergeben hatten, wurde das Verfahren eingestellt. Nach einiger Zeit wurde das Dossier Norbert Zongos wieder geöffnet, weil durch einen Volksaufstand der burkinische Präsident verjagt und abgesetzt worden war. Man kann jedermann ermorden, aber seine Gedanken kann man dennoch nicht töten. Es wird immer wieder versucht, Opponenten mundtot zu machen und diese durch unverschämte politische Manöver zu diskreditieren. So wird ihnen der

Einfluss auf politische Angelegenheiten entzogen.

Endlich kam der Tag, an dem mein Visum verlängert werden sollte. Ich war schon seit drei Monaten im Paradies. Die drei Monate vergingen so schnell. Allena hatte mich viele schöne Orte besichtigen lassen. Manchmal waren wir in Museen. Die Museen im Paradies sind sehr gut ausgestattet und mit vielen Objekten aus aller Welt versehen. Bei nicht wenigen dieser Kunstobjekte handelt es sich um Diebesgut oder sie befinden sich auf Grund kolonialer Raubzüge nicht an ihren heutigen Orten. Es sind Gegenstände, von denen die Nachkommenschaft der während der Kolonialzeit ausgebeuteten Völker, niemals hören wird. Manchmal müssen diese rechtlichen und langen Wege gehen, um ihr Erbe zurückzubekommen. Die Berliner Konferenz 1884 war ein Zusammenkommen von Verbrechern und Räubern auf der Weltbühne. Die wahren Motive der Konferenz bleiben bis heute unbekannt. Diese Konferenz war eine Schande mit Nachwirkung bis in die heutige Zeit, deren richtige Gründe selbst dem heutigen Europäer unbekannt bleiben. Die Aufteilung eines

Kontinents ohne die Zustimmung der vor Ort lebenden Völker ist ein schweres Delikt, über das heute kaum geredet wird. Die einheimischen Völker wurden erst als primitiv dargestellt, das heißt als Menschen ohne jeden kulturellen Wert, versklavt, verkauft und massenweise wie Waren nach Amerika verschifft. Die Politik des Teile und Herrsche ist so in Gang gesetzt geworden. Völker, die Nachbarn waren, wurden umgehend zu Feinden. Die Anfeindung wurde künstlich von der Kolonialverwaltung und der Kirche erzeugt und gespeist. Grenzen, diese fremden Neuheiten in der afrikanischen Realität, wurden gezogen, um Völker zu schwächen und sie ausbeutungsfähig zu machen. Gründe wurden erfunden, um die Kolonisation zu rechtfertigen. Afrikaner seien unfähig, ihre eigene Zukunft in die Hände zu nehmen. Sie müssten unter europäischer Bevormundung leben. Um dies zu legitimieren, wurden Pseudowissen-schaften herangezogen. Schwarze Völker wurden deshalb als faule Leute eingestuft, Leute einfach, die Arbeit nicht mögen und dazu gezwungen werden müssten. Dazu dienten die Zwangsarbeit und die Massende-portationen, die leider in der

Geschichtsschreibung kaum erwähnt werden. Heute geht die Ausbeutung in einer anderen Form weiter und alle sehen tatenlos zu. Es geht um den Neokolonialismus.

Der Besuch der Ausländerbehörde in Europa ist mit Frustration und Demütigung für zahlreiche Ausländer verbunden. Als nichteuropäische Bürger sind sie teilweise von dem sogenannten Integrationsprozess ausgeschlossen. Geld musst du haben, um dein Visum verlängert zu bekommen. Vorsichtshalber müssen die Behörden so verfahren, um Sicherheit und Ruhe der eigenen Bevölkerung nicht weiter zu gefährden. Der heutige Europäer lebt in einer stetigen Angst vor dem Morgen. Sein Lebenselixier ist sein Geld und sein Geld ist sein Ein und Alles. Ohne es wird alles sofort dunkel und er sieht sofort schwarz. Viele Leute sehen schon aus Angst schwarz und sehen in dunkelhäutigen Menschen und Ausländern ein Hindernis für ihre eigene Entfaltung. Sie sind auch bereit, Gewalt gegen Ausländer anzuwenden. Neonazis und Skinheads geben jeden Tag ihren Angriffsstrategien gegen Ausländer den letzten Schliff und gehen auch gegen europäische Einheimische vor, die

Zivilcourage zeigen, ihre Taten zu denunzieren. Sie terrorisieren öfter Leute in Zügen, auf Bahnhöfen und an manchen entlegenen Orten. Sollten die Angriffe zunehmen, wissen sofort die europäischen Behörden Bescheid, dass etwas in sozialpolitischen Bereichen getan werden muss. Diese ausländerfeindlichen Organisationen und Gruppierungen fungieren meist für die Regierungen als soziales Thermometer. Ihr Handeln signalisiert schon, wie es den Menschen im Paradies geht. So wird entschieden, ob Maßnahmen ergriffen werden müssen oder nicht. Manchmal kommt es zu Tötungen von sogenannten Ausländern, wie vor ein paar Jahren in Italien. Dort wurde ein feiges Attentat auf Senegalesen verübt. Schimpfwörter sind öfter zu hören und gehören dem Alltag an: Scheißneger, Neger, Affe, Asylant...

Solche Beleidigungen sind alltäglich, aber man drückt einfach ein Auge zu und geht seiner Wege. Wer auf solchen Schwachsinn reagieren will, wird sich jeden Tag umsonst ärgern. Einmal habe ich mich richtig totgelacht. Ich war unterwegs mit einem Bekannten. An der Ampel warteten wir auf grün. Ich holte eine Banane aus meiner Tasche und gab sie meinem

Bekannten. Neben uns stand ein stark nach Tabak und Alkohol stinkender Obdachloser. Ich gab ihm auch eine Banane, da ich drei hatte. Er nahm sie und fragte mich: „Was ist das denn?" Ich antwortete: „Eine Banane". Er entgegnete: „Danke". Und fragte wie man eine Banane in Afrika nennt. „Affenkotelett?" Solche absurden Fragen und Bemerkungen kommen täglich vor.

Ich stand früh mit heftigem Herzflattern auf. Werden sie mein Visum verlängern oder nicht, werden sie mich wieder in die Hölle zurückschicken? Was werde ich machen, wenn sie mich abschieben wollen? Eine Unmenge von Fragen ging durch meinen Kopf. Ich musste eine Tablette, ein Beruhigungsmittel nehmen. Allena versuchte mich zu beruhigen. Es war nicht einfach. Ich hatte nicht schlafen können. Meine Nacht war kurz, sehr kurz. Drei Monate waren schnell vergangen. Allena und ich hatten einen Plan A und einen Plan B entwickelt, falls es mit den offiziellen Papieren schief gehen sollte. Der Plan A bestand darin, dass Allena eine Verpflichtungs-erklärung abgeben sollte. Wenn es damit klappte, durfte ich nicht arbeiten. Sie sollte für mich aufkommen. Dies wäre ein tödliches Unternehmen. So musste ich für Allena und ihren Hund wieder das „Mädchen für alles" spielen und dies wollte ich vermeiden. Aber was konnte ich machen, wenn Allena meine einzige Karte war. Der Plan B sah vor, mich in ein Zentrum für Asylbewerber zu schicken. Von dort aus hatte Allena Zeit unser gemeinsames Heiratsprojekt vorzubereiten. Und wenn alles nach Plan liefe, sollte sie mich aus dem Zentrum, aus der anderen Hölle, holen. Aber das Risiko war zu groß, dass sie mich plötzlich vergaß oder ihre Meinung änderte. Unsere Beziehung hatte sich in der letzten Zeit tiefgreifend verschlechtert. Sie wollte mehr Sex und ich eher eine Pause. Ich war keine Sexmaschine. Ich fragte mich sogar, warum sie mir alle Papiere so ohne Probleme ausgehändigt hatte und mich zur Ausländerbehörde begleiten wollte. Meine Lage war aber noch besser als die von Olikas.

Olikas ist ein junger Mann aus Kamerun. Vor einigen Jahren war er in Zypern. Er wollte genauso wie ich unbedingt ins Paradies. Ihm wurde von Leuten geholfen, die ihn zu seinem Leidwesen nach Zypern verfrachtet und dort vergessen hatten. Er hatte keine weiteren Spuren von den Schleppern und konnte weder zu einem

Rechtsanwalt gehen noch sich bei irgendeiner örtlichen Behörde beschweren. Sie hatten ihm alles weggenommen und ihn bloßgestellt: Reisepass und weitere wichtige Unterlagen. Er war in Zypern einfach ein Niemand. Er saß auch auf Schulden und musste dann schwarzarbeiten, um seine Schulden zu begleichen. Nach einigen Jahren in Zypern lernte er Petra, eine Urlauberin vom europäischen Festland kennen. Petra war schnell in Olikas verliebt. Sie versprach ihm, eine schnelle Lösung für ihn zu finden, damit er das Paradies erreicht. Er sollte sich nicht lange im Vorraum des Paradieses aufhalten. Das Paradies ist besser als der Vorraum des Paradieses. Die beiden Liebenden genossen die Liebe in Zypern in vollen Zügen. Olikas war in Zypern Bäckeraushilfe. Ein schwarzer Mann, der schwarzarbeitet, das klingt schon gefährlich. So wurden die Urlaubstage von Petra in Zypern überhaupt nicht langweilig. Sie hatte einen jungen Stier, der ihr Tag und Nacht frischen Sex besorgen konnte. Petra war Sekretärin in einer Firma im guten Teil des Paradieses. Die beiden entschieden sich zu heiraten. Dies war natürlich ein vorteilhafter Plan für Olikas. So haben sie in Zypern geheiratet und Olikas konnte der Mafia entkommen. Er wurde ins Paradies eingeschmuggelt. Seine Dokumente blieben bei der Mafia, die von ihm noch mehr Geld verlangte. Solange sie noch in Zypern waren, zeigte Petra ein nettes Gesicht. Einmal im Paradies wurde plötzlich die Stimmung zwischen den beiden anders. Olikas hatte seine Heimat verlassen, um im Paradies studieren zu können, aber da sein Weg ins Paradies voller Stolpersteine gewesen war, hatte er einen Halt in Zypern gemacht. Er unterrichtete Petra über seine zukünftigen Pläne. Von einem klugen und intelligenten Kopf wollte Petra nichts wissen. Sie wollte jemanden unterm Pantoffel. Jemanden, der immer bei ihr ist, aber keinen Studenten. Sie schlug Olikas vor, Arbeit zu suchen. Da er sich nicht darum bemühte und eigene Pläne verfolgen wollte, wurde er gefühllos im Stich gelassen. Olikas wurde rausgeschmissen. Um sein Visum zu verlängern, war er immer auf Petra angewiesen. Er konnte nun das wahre Gesicht seiner damaligen Frau erkennen. Er zog in eine andere Stadt um, die vierhundert Kilometer von Petra entfernt war. Er musste immer hin und her pendeln. Dies kostete ihn Geld, Zeit,

Energie und Nerven. Olikas ist immer noch im Paradies, aber genießt dessen Vorzüge überhaupt nicht. Er konnte nicht richtig schlafen und war immer verspannt. Das letzte Mal, als ich ihm begegnet bin, war in einem Zug. Er hatte Sorgen bezüglich seines Aufenthaltstitels. Er bekam aufgrund seiner noch nicht geklärten Situation mit Petra momentan nur Fiktionsbescheinigungen, die alle zwei Monate erneut werden mussten. Jede Verlängerung ist mit Angst und der ganzen Fragerei verbunden. Das Leben war kein Spaß, sondern ein ewiger Kampf.

Der Bus kam mit einer kleinen Verspätung. Ich war sehr müde, weil ich kaum geschlafen hatte. Ich hatte einfach keinen Schlaf gefunden. Die Fahrt zur Ausländerbehörde dauerte eine Viertelstunde. Eine lange Schlange von Menschen stand schon da. Die wollten alle im Paradies bleiben. Eine Dame war mit ihrem Sohn da. Sie war am Weinen. Ihr Visum konnte nicht verlängert werden, aber eine andere Alternative stand ihr bevor. Ein neuer Beamter sollte sich um ihren Fall kümmern. Die Tränen dieser Frau hatten meine Angst verstärkt. Würde ich auch ein deutliches Nein bekommen?

Das Paradies war mein Ein und Alles. Ohne es würde ich verkümmern. Wir hatten eine Nummer bekommen. Ich wartete bis meine Nummer aufgerufen wurde. Das Warten ist eine namenslose Quälerei. Plötzlich wurde meine Nummer aufgerufen: 748. Ich geriet in Panik. Allena begleitete mich ins Büro 8. Wir nahmen Platz und nach einigen Fragen mussten wir alle Unterlagen vorlegen. Mein Fall war nicht einfach. Er konnte nur vom Bundesamt für Migration und Flüchtlinge übernommen und geklärt werden. Ich wurde also an dieses Amt überwiesen. Ich musste ein paar Tage von Allena getrennt leben. Sie konnte mich aber jederzeit besuchen. Aber das Problem war, ich wusste nicht in welche Asylunterkunft ich geschickt werden würde, bis mein Fall geklärt war. Allena hatte den Mund nicht aufmachen können, um von unserem Heiratsprojekt zu reden. Vielleicht hätte das etwas ändern können. Ich wurde langsam meinem Schicksal überlassen. Allena schwor mir, dass sie mich nicht im Stich lassen würde. Ich musste jetzt auf einen Brief warten, auf ein Stück Papier, das bestimmen würde, ob ich asylberechtigt war oder nicht. Genauso wie ich, standen viele Menschen in der Warteschlange. Ein Schreiben, ein einfaches Schreiben, kann unser Leben glücklich oder kaputt machen. Mein Fall erinnert mich an den von Olikas. Ich blieb kühn wie ein Schiffskapitän, der sich bald mit einem Sturm auseinandersetzen müsste, dabei aber wusste, dass der Kampf aussichtslos sein würde. Sein Schiff war inmitten des Meeres und keine Küste war in Sicht. Ihm bleiben nur der Kampf und die Kühnheit übrig. Versagte er, dann musste er mit seinem Schiff versinken. Kam er lebendig heraus, so würde er tapferer und ein besseres Vorbild für seine Matrosen sein.

Ich und Mein

Mein Aufenthalt im Asyl hat mir die Augen geöffnet. Die von Allena versprochene Unterstützung hielt nur ein paar Wochen an und dann kam eines Morgens ein Brief, nein sorry, eine Ansichtskarte. Ich habe mittlerweile viele Karten bekommen und auch Sachen zum Anziehen von ihr. Aber diese Karte, die ich gerade bekommen habe, ist von besonderem Inhalt. Der Inhalt klingt wie ein Abschied, wie ein Adieu. Allena hat nicht mal drei ganze Monate gewartet, um den Kontakt zu mir abbrechen zu wollen. Sie hat sich erneut in jemanden verliebt, in einen anderen Afrikaner verknallt, in einen Unschuldigen. Ich habe den Eindruck, dass Liebe ein Spielchen ist, ein Pokerspiel. Du spielst mit oder nicht. Sie hat auch Mittel für ihre Spielchen. Geld hat sie genug und sie schafft es sehr gut, sich um ihre Spielzeuge zu kümmern. Sie ist die Anbieterin und die Männer sind die Spielzeuge. Sie kann sich die holen, die sie mag. Später erfuhr ich, dass sie einen Mann hatte und beide sich entschieden hatten, in einer offenen Beziehung zu leben. Eine Beziehung, in der jeder frei ist, sich jemanden auszusuchen, den er mag. Der Mann war laut Gerüchten mit einer anderen Frau zusammen. Und manchmal haben sich die beiden in Begleitung ihrer jeweiligen Partner getroffen und haben Gruppensex gehabt. Ich verstehe jetzt alles, nachdem ich im Asyl eingeliefert wurde, warum wir einmal ein Paar getroffen haben. An diesem Tag ist es nicht passiert. Wir konnten zusammen trinken und über alles und nichts reden. Ich musste mich jetzt um meine eigenen Angelegenheiten kümmern. Ich musste mir Sorgen um mein kleines Ich machen. Ich war ihr trotzdem zu Dank verpflichtet. Dank ihr war ich eben im Paradies. Sie ist gleichzeitig meine Vergangenheit und meine Zukunft. Dank ihrer Hilfe durfte ich ins Paradies kommen. Obwohl ich noch nicht arbeiten durfte, erhielt ich ein bisschen Unterstützung vom hiesigen Staat.

Das Leben im Asyl war sehr kompliziert. Wir hatten verschiedene Nationalitäten und manchmal mussten wir uns zu mehreren ein Zimmer teilen. Unsere kulturellen Gewohnheiten wurden in den Hintergrund gedrängt. Ich war zusammen mit einem Araber aus dem Nahen Osten und einem anderen Afrikaner aus einer ehemaligen britischen Kolonie. Am Anfang war es überhaupt nicht leicht miteinander zu leben. Die Aufgabenteilung war sehr schwer. Der Araber meinte, in seiner Kultur dürfe ein Mann nicht saubermachen. Diese Aufgabe fiele der Frau zu. Der Afrobrite sagte etwas anderes und wollte sich die Hände nicht dreckig machen. Bei mir sah es anders aus. Da ich mich entschlossen hatte, auszuwandern, war ich anderer Meinung und anders eingestellt. Flexibilität und Anpassungsfähigkeit waren meine einzigen Begleiter auf diesem Abenteuer. Ich kann nicht allein die Regeln eines ganzen Landes neu schreiben wollen. Eine solche Revolution wäre für mich zu viel. Wenn eine Revolution sich lohnt, dann kann ich sie bei mir in der Heimat in die Praxis umsetzen. Die Art und Weise wie Politiker manchmal ihr Unwesen in meiner Heimat treiben, gefällt mir überhaupt nicht. Aus Kunst sind Lüge und Gaunerei entstanden. Politik ist in vielen Ländern leider die Kunst der Selbstbereicherung und der Massenverdummung geworden. Ein Politiker soll ein Erzieher und ein Vorbild für das Volk sein. Aber stattdessen ist er zum Vorbild für Lüge und Manipulation geworden. Der afrikanische Politiker kommt arm an die Macht und geht immer stinkreich in die Rente, falls er überhaupt die Rente freiwillig antritt. Meistens brechen Revolten der Hungernden aus und vertreiben ihn von der Macht. Proteste der Hungernden sind zahlreich in der afrikanischen Geschichte. Es gelang Demonstranten meist mit bloßen Händen, Despoten abzusetzen. Die Geschichte von Maurice Yaméogo aus Burkina Faso ist noch frisch im kollektiven Gedächtnis der Burkiner. Abdoulaye Wade aus dem Senegal versuchte gegen den Willen einer großen Mehrheit des Volkes, wieder für die Präsidentschaft zu kandidieren, obwohl die Verfassung dies überhaupt nicht zuließ. Verfassungen leiden unter korruptem Verhalten von afrikanischen Despoten. Durch seine korrupte und verlogene Staatsverwaltung lädt der afrikanische Politiker den Teufel ins Land ein. Alle verfassungswidrigen Aktionen und langen Regierungszeiten wie die von Blaise Compaoré aus Burkina Faso, Paul Biya aus Kamerun, Robert Mugabe aus Simbabwe, Yuri Museveni aus Uganda, Joseph Kabila aus der Demokratischen Republik Kongo, Dénis Sassou N'Guesso aus dem Kongo sind keine guten Zeichen für die

Zukunft der betroffenen Länder. Eine Implosion in schon erwähnten Ländern kann sich auch in die ganze Region mit schrecklichem Ausmaß, wie während der ivorischen Krise 2010-2011, ausbreiten. Ihr Handeln kann zu einem „Unfall" in der Geschichte führen, zumal eine unerwünschte Person die glückliche Nutznießerin dieses Unfalles sein könnte. Eine solche Person wird so zu sagen Präsident durch einen Unfall. Die neuerlichen Militärputsche sind nennenswerte Beispiele dafür. Auch das Erscheinen von Dadis Camara an der guineischen Staatsspitze war ein Unfall, der nicht hätte passieren dürfen, wenn eine gut funktionierende Demokratie vor Ort existiert hätte. Aber Lassana Conté dachte im Lauf seiner langen und demokratiefeindlichen Amtszeit irgendwann mal, dass sein Land sein persönliches Spielzeug wäre. Er wurde schließlich vom Tod überrascht. Das verrückte und unaufhaltsame Rennen nach dem Materiellen hat leider viel im Menschen vernichtet und er hat einige moralische Werte aus den Augen verloren. Die zahlreichen Machtmonopolisierungen sind ein typisches Zeichen für das egoistische Rennen nach dem Materiellen. Wir leben in einer Welt, die leider von

Materialismus geprägt ist. Die Spiritualität des Menschen wird monetarisiert und Gott und die Seele werden dadurch geopfert. Einige Menschen wagen es sogar, die Existenz Gottes zu bezweifeln.

Sogar Kinder in der Wiege wissen schon, dass es Dinge gibt, die ihnen persönlich gehören und die keiner anfassen darf. Gehen Sie zum Beispiel auf den Spielplatz und beobachten Kinder beim Spielen. Manchmal teilen sie unter sich die Spielsachen, aber einmal will einer alles für sich haben und es kommt zum Ärger und zum Weinen. Jedes Kind ist anders und von einer Kultur zu einer anderen gibt es riesige Unterschiede. Wo ich herkomme, spielen die Kinder schon von Kindheit an zusammen, wie in den anderen Ländern auch, aber der Unterschied ist, dass sie sich regelmäßig schlagen. Dadurch entsteht Respekt und Freundschaft. Eltern sehen zu und intervenieren nicht so oft in Kinderschlägereien. Solltest du von einem anderen Kind draußen die Fresse poliert bekommen haben und du kommst weinend nach Hause, sind es deine Mutter oder dein Vater, die dich auffordern werden, deinen Mund zu halten, damit die Ruhe des Hauses nicht von deinem Weinen gestört wird. Mehr noch, sie fragen dich, ob du keine Arme oder keine Hände hast, um dich zu verteidigen. Diese Praxis ist genauso alt wie die Entstehung der Welt. Im traditionellen Afrika, zumindest in Westafrika, gab es und gibt es noch Kulturen, in denen das Ringen ständig organisiert wird. Dies trägt auch zur Erstsozialisierung der Jungen bei. Ein guter Kämpfer kann sowohl für die Sicherheit seiner eigenen Familie als auch für seine ganze Gemeinschaft sorgen. Térhé in *Le Crépuscule des Temps Anciens* ist ein gutes Beispiel dafür. Als Krieger, Sportler und guter Kämpfer war er der Stolz seiner Gemeinschaft. Er ist der typische Held des traditionellen Afrikas. Einer, auf den Verlass in schwierigen Zeiten war.

Die Traditionen sterben langsam aus in Afrika. Die Sklaverei, die Doppelkolonisation des afrikanischen Kontinents durch die Araber die Europäer und dann durch die Chinesen, der Neokolonialismus und die starke Monetarisierung der Gesellschaft sind unter anderem Faktoren, die leider langsam den Traditionen den letzten entscheidenden Todesstoß versetzen. Die Fetischisten, die Masken, die Schamanen, die Hellseher, die Prediger, die Geisterbeschwörer, ältere Menschen waren die Säulen der Tradition. Durch ihr Handeln sorgen sie dafür, dass die traditionelle Gesellschaft bestehen bleibt. Heute werden sie von den jungen Menschen verachtet. Hexen und Dämonen sind die Bezeichnungen für sie. Die Dörfer werden langsam leer von arbeitstüchtigen und gesunden Menschen. Sie verlassen alle das Dorf und die Fetische und gehen in die Städte, in denen sie auf Reichtum hoffen. Die Fetische werden von den neu eingedrungenen Religionen wie Islam und Christentum als teuflisch und primitiv angesehen. Auf Vertreter dieser neuen Religionen hören die Afrikaner eher als auf die Vertreter ihrer eigenen Traditionen. Der Individualismus vereinnahmt allmählich die Überreste der Traditionen. Die Leitwörter dieser Entwicklung sind Ich und Mein. Das ist Mein Auto, das ist Mein Handy, das ist Mein Eigentum. Ich und Mein machen alles kaputt. Das Ich gewinnt an Stärke und Bedeutung, wenn das handelnde Ich vor allem ein dickes und fettes Konto hat. Sein öffentliches Auftreten wird durch ein heuchlerisches Lächeln begrüßt. Geld vernichtet alles. Wie eine Seuche schleicht es sich in Beziehungen ein und verdirbt sie gründlich. Das Ich und Mein sind Produkte der Moderne, die stark in Europa, im Paradies, implementiert sind. Sie werden an andere Völker als besserer Lebensstandard verkauft. Ich habe schon ein bisschen bei mir in meiner Heimat den Egoismus und die Heuchelei mit ihren unterschiedlichen Erscheinungsformen erlebt. Je besser sich die Menschen fühlen, desto egoistischer werden sie. In der Not versuchen sie zusammenzuhalten. Es geht um das Überleben von jedem einzelnen ICH. Wenn das Schlimmste vorbei ist, fängt das Egoismus-Spielen erneut an. Es sieht wahrlich aus, wie ein Theaterstück, das sehr gut geschrieben und dann auf der Bühne aufgeführt wird. Alles ist einfach zu durchschauen. Die Wahrheit ist in uns. Jeder von uns kann das Gute von dem Bösen unterscheiden. Heilige Bücher und gesellschaftlich festgelegte Normen verhelfen uns dazu, auf der guten Schiene zu bleiben. Aber Habgier, Lüge, Eigeninteressen und alle anderen dergleichen bösartigen Gewohnheiten entfernen uns von dem anderen und von uns selbst. Der Skinhead oder der Neonazi sind nicht unbedingt schlechte Menschen, die den Afrikaner, den

Araber, den Inder oder den Chinesen hassen. Von Geburt an sind sie keine bösen Menschen. Es gibt keine ausländerfeindlichen Gene. Skinhead oder Neonazi zu sein, wird erlernt. Die gesellschaftlichen Bedingungen verändern einen in die gute oder in die schlechte Richtung. Die Ersterziehung ist ein wichtiger Punkt. Wenn die Eltern selbst keine Ausländer mögen, können sie das leicht auf die Kinder übertragen. Umgekehrt kann auch ein Kind aus einer ausländerfreundlichen Familie kommen. Sein Freundeskreis kann ihn trotzdem verderben oder negativ beeinflussen. All diese gesellschaftlichen Phänomene haben manchmal einen gemeinsamen Faktor, der Geld heißt. Es wird ständig erzählt, dass Ausländer Steuerfresser, Schmarotzer, Sozialhilfeempfänger seien. All das klingt sehr absurd und verlogen. Ausländer sein oder werden ist ein Gefühl, genauso wie das Gefühl, eine Heimat zu haben oder zu finden. Keiner sucht sich seinen Geburtsort aus und kein Platz ist besser als der andere. Es sind die Menschen, die der Wirtschaft ihre Kraft geben. Ohne Menschen gibt es keine Wirtschaft, kein Geld. Die Natur reguliert sich selbstständig und kostenlos. Alle

Elemente der Natur beteiligen sich an dem Bestehen des zentralen Gegenstands, der die Grundlage der Natur bildet. Bei Menschen, vor allem bei sogenannten zivilisierten Menschen, ist das Bestehen durch Geld bedingt. Geld gibt dem Ich seine Essenz und das Ich verlangt wiederum das Mein. Bei Naturvölkern ist der Mensch noch zentraler in allen Handlungen der Lebenden. Wenn ein Mensch stirbt, müssen andere der Gemeinschaft ein paar Tage ruhen. Dies ist ein Zeichen des Respekts für den Geist des Verstorbenen. Die ganze Gemeinde trauert mit. In der hochkapitalisierten und materialisierten Welt ist der Mensch nur ein Mittel zum Zweck. Er muss viel können oder viel durchgemacht haben, um sich durchsetzen zu können. Sein Tod darf das Funktionieren der Wirtschaft nicht aufhalten oder beeinträchtigen. Er ist ja nur tot. Kümmern wir uns um die Lebenden, um die Wirtschaft, um unsere Konten. Sein Tod ist sein Problem. Eine kleine Annonce kommt in die Zeitung als offizielles Bekanntgeben des Verlusts. Jedes Ich versucht seinen Hintern zu retten, sein Leben zu versichern. Unzählige Verträge werden unterzeichnet, damit man sich sicher fühlt. Dies baut die Ängste vor dem Unbekannten und dem Unvorbereiteten ab. Jeden Tag liest das Ich die Zeitung, surft im Internet, fragt ständig, um sein Mein zu sichern. Eine Wirtschaftskrise würde dem Ich Schlaflosigkeit, Ängste und weitere Schmerzen bereiten. Die Banker werden ständig von Ichs angerufen. Die Kurse der Aktien werden jede Minute verfolgt. Das Ich arbeitet dann langsam gegen sich selbst, zerstört sich. Wegen des Stresses liegen seine Nerven völlig blank. Sein Arzt freut sich dann, auf seine Kosten, Geld zu machen. Apotheken laufen auf Hochtouren. Alle Mittel werden eingesetzt, um das kleine egoistische Ich zu retten. Ich und Mein sind keine konkreten Produkte der Moderne. Sie existieren seit der Entstehung der Welt und sind genauso alt wie das menschliche Geschlecht. Mit der Moderne werden sie positiv bzw. negativ verwissenschaftlicht. Die Semantiken des Ich und Mein sind unzählig und breit. Geld und Macht sind Grundbegriffe dieser Semantiken. Mit der Einführung des Geldes in die Beziehungen, ist einiges verloren gegangen. Die Menschlichkeit ist künstlich geworden. Der Egoismus ist größer geworden, das Ich dominiert.

Das Ich ist aber sterblich und mit dem Geld fühlt es sich untersterblich. Geld ist eine ganze Religion. Nach den offen bekannten Religionen wie Christentum und Islam ist die Religion des Geldes entstanden. Früher ist man in die Kirche oder in die Moschee gegangen, um zu Gott für mehr Gesundheit und ein langes Leben zu beten. Heute sind die Kirchen und die Moscheen voller Menschen, die schnellstmöglich reich werden wollen. Sie denken nicht mehr an Gesundheit, sondern an Geld, das ihnen mehr Macht und Ansehen verschaffen soll. Diese Macht, in deren Namen andere Völker oder Menschen versklavt und gedemütigt werden, ist der Weg zur menschlichen Ausrottung. Macht macht blind und führt uns irre. Im Namen der Macht und des Geldes wird ständig gelogen und Kriege werden geführt. Die Amerikaner sagten uns vor einigen Jahren, dass sie Massenvernichtungswaffen im Irak entdeckt haben. Alles war reine Lüge. Der tragende Grund für diesen unverschämten Angriff auf einen unabhängigen Staat war das irakische Öl und ein Mensch war das Hindernis zu diesem Öl. Wir wissen alle, wie die ganze Sache zu Ende gegangen ist. Ein mutmaßlicher Diktator wurde erhängt, damit die fremde Armee ans Öl kommen konnte. Dasselbe geschah mit dem libyschen Führer, der aus der Reihe tanzen wollte. Er wollte sich von der westlichen Demokratie entfernen und seinen eigenen Weg zum Erfolg schaffen. Dem Grimm des Westens konnte er nicht entgehen. Er wurde wie ein räudiger Hund von den eigenen Leuten abgeknallt. Seine Leiche wurde zur Schau gestellt. Mit seinem Tod hat Libyen den Kreis der unabhängigen und schuldenfreien Länder verlassen und ist zu einem überschuldeten Land geworden, in dem jeden Tag Anschläge verübt werden. Gräueltaten sind zu sehen und Zielscheibe der Anschläge sind manchmal Symbole der durchgesetzten Demokratie *à la américaine*. Durch dieses Handeln hat das übermächtige amerikanische Ich das geopolitische Gleichgewicht der Welt gestört und daraus resultieren nur eigensüchtige Ichs am Beispiel des russischen Ichs, das sich, genauso wie die Amerikaner und deren Alliierte, auf den Weg zur Kolonisation macht.

Die Krise in der Ukraine ist auch ein Beweis dafür, dass die Russen auf eine schlaue Weise, ohne viel Blut zu vergießen, die Ukraine vereinnahmen und demonstrieren, dass sie sich von den westlichen Staaten nicht auf der Nase herumtanzen lassen wollen. Heute spricht man von dem Einfall auf der Krim, aber die wahren Motive sind, die Ruhe in der Ukraine gründlich zu stören und das Land für seine Wahl zu bestrafen. Alles hat mit einer Massendemonstration angefangen und endete mit dem Absturz eines „demokratisch" gewählten Präsidenten. Die UNO gilt nur noch als Marionette, die ausgenutzt wird. Amerikaner, Europäer und Russen verkaufen sich als Vorbilder und Verfechter von Fortschritt und „Demokratie" in der modernen Zeit. Aber einiges sollte nicht vergessen werden. Länder wie Indien, China und Brasilien machen jeden Tag große Sprünge im technologischen und wirtschaftlichen Bereich, aber das Ganze wird nicht an die große Glocke gehängt. Genauso ist es mit vielen afrikanischen Ländern, die versuchen hoch zu kommen. Nigeria erweist sich als Zugpferd des afrikanischen Wirtschaftsfortschritts und im selben Moment, in dem seine Erfolge verkündet werden, tritt ein Monster namens *Boko Haram* in Erscheinung. Es treibt sein unerwünschtes Ich im nigerianischen Haus herum. Im Namen eines Heiligen Krieges versucht *Boko*

Haram Chaos im Land anzurichten. Die Nachbarländer Nigerias sehen einfach tatenlos zu, während das Ungeheuer schreckliche Dimensionen annimmt. Das Ich und die Lebensfähigkeit aller westafrikanischen Länder werden durch die Erscheinung *Boko Haram*s in Frage gestellt. Mali erleidet schon chaotische Situationen, die von schwer bewaffneten Gruppierungen aus Libyen angezettelt werden. Die Finanzierung dieser Gruppierungen bleibt bisher noch geheim. Keiner weiß, woher sie ihr Geld und ihre Waffen bekommen. Hinter diesen Radikalen gibt es bestimmt einen Drahtzieher.

Das Ich und Mein lassen uns in Konflikte mit den anderen geraten. Einem vorherrschenden Ich wohnt schon ein Konfliktpotential inne. Um sein eigenes Sein und Existenz zu sichern, wird es an Verschwörungstheorien arbeiten, die die Stabilität der Welt zerstören. Die Erscheinung des Nationalsozialismus und seine Bekämpfung durch die Alliierten sind ein nennenswertes Beispiel dafür. Ein eigenmächtiges Ich versuchte sich die ganze Welt zu eigen zu machen. Die Revolte der anderen Ichs ließ das Ganze in einen großen Krieg eskalieren. Gewalt ist ständig auf der Lauer und wartet auf den guten Augenblick, um den naiven Menschen das Steuer zu entreißen. Geld bleibt das Motiv zahlreicher Kriege, wobei auch die Geostrategie eine entscheidende Rolle spielt. Das störende Ich ist das hackende Element in den Handlungen bezüglich der Zukunft unserer kleinen Welt. Diese Welt wird wie eine Zitrone von uns Lebenden ausgepresst und ihres Saftes beraubt. Vom Saft profitiert nur eine kleine Zahl von Menschen, die schon satt ist. Was wird aus unserer kleinen Welt voller kleiner, depressiver, kriegsprovozierender und egoistischer Ichs? Früher hat das Menschenleben viel gezählt und alles wurde gemacht, um es zu beschützen. Vielleicht ist es zu optimistisch und idealistisch gedacht. Heute ist aber das Geld ein gutes Alibi, um Verbrechen zu begehen. Mächtigere Ichs unterdrücken Schwächere vor den Augen des Internationalen Schiedsrichters, der tatenlos zusieht, wie die Mächtigen die Schwächeren mit Füßen treten. Charakterlose Politiker sind in die Politik eingestiegen und wie Schmarotzer haben sie die Hoffnung zahlreicher Leute im Keim erstickt. Tag für Tag werden die Reihen der Unzufriedenen gestärkt. Ihre Zahl wächst exponentiell. In zahlreichen EU-

Ländern sind sie zu sehen. Die Rechtsextremisten gewinnen langsam Wahlen, bei denen viele sie als Außenseiter gesehen haben. Die finanziell diffizile Lage zahlreicher Länder in der EU verhärtet die Fronten. Das kollektive Ich wird von Hunger und Not bedroht.

Mein Aufenthalt im Durchgangszentrum war für mich lehrreich. Ich habe, wie in jeder Lage, Positives und Negatives erlebt. Nachdem mein Antrag auf Erteilung einer Aufenthaltserlaubnis genehmigt worden war, musste ich lange die Schule besuchen, um die Sprache des Ziellandes zu beherrschen. Ich sollte akzentfrei reden, einfach assimiliert werden. Das war die einzige Bedingung, um hier bleiben zu dürfen. Man spricht von Französisch als Fremdsprache, von Deutsch als Fremdsprache, von Spanisch als Fremdsprache, von Englisch als Fremdsprache. Heute wird Chinesisch als Fremdsprache weltweit unterrichtet und dies hat natürlich viele Gründe. Die Gründe sind meistens mit einer in uns verborgenen Angst verbunden. Niemand kann sicher sein, ob in den kommenden Jahrzehnten China ökonomisch global herrschen wird. Es entsteht bei allen eine

Anpassungsfähigkeit im Voraus, um nicht später das Kapital aus den Augen zu verlieren. Der Kult des Geldes lässt einem keine Ruhe und treibt uns dazu, einer Illusion hinterherzulaufen. Eine große Faszination des Geldes besteht und wird jeden Tag stärker. Eine starke Wirtschaft hängt mit einer guten Sprachpolitik zusammen. In der Heimat sind sich die Politiker dessen noch nicht bewusst. Eine Sprache existiert schon, die kolonialen Sprachen wie Französisch, Englisch, Portugiesisch, Spanisch etc. Unsere Lokalsprachen sind überhaupt nicht schlecht. Vor der Kolonialzeit wurden sie als Handelssprache verwendet und daraus konnten auch substantielle Umsätze gemacht werden. Obwohl keine Handelsbücher vorhanden sind, um das Ganze nachzuweisen, sind die Aussagen alter Menschen zutreffend. Diese Kolonialsprachen könnte man schon als afrikanische Sprachen ansehen, die vielleicht nicht unbedingt Paris, Lissabon, Madrid oder London als Zentrum annehmen. Unsere kulturelle Sprachvielfalt und die vielen Akzente sollten dafür herangezogen werden. Das Kreol als Sprache ist ein gutes Beispiel dafür, dass aus einer weltbekannten kolonialen Sprache eine andere entstehen kann und sich auch als Gemeinsprache durchsetzen kann. Wenn ich Afrika als Kontinent ansehe, bin ich sehr stolz auf ihn, aber gleichzeitig sehr traurig über die Machenschaften der Politiker. Sie haben ihre Missionen aus den Augen verloren und manche denken mehr an ihr kleines vergängliches und sterbliches Ich als an ihr Volk. Afrikaner kritisieren heftig das Handeln ihrer Präsidenten auf dem Kontinent, aber viele, die auf dem europäischen Kontinent leben, benehmen sich ihren Brüdern gegenüber rücksichtslos.

Rita ist eine schöne junge Frau vom afrikanischen Kontinent. Sie kommt aus Kamerun. Afrika besteht aus mehr als fünfzig Ländern, die in der Kolonialzeit entstanden sind. Die Aufteilung des Kontinents in Länder ist ein Hindernis für die ersehnte Einheit. Als Afrikaner sehe ich die jeweiligen afrikanischen Länder als Provinzen mit Gouverneuren, die zusammenarbeiten und nicht unnötig Kriege gegeneinander führen sollten. Die Geschichte Ritas ist selbstredend. Sie kam ins Paradies als Au-Pair-Mädchen, also als helfende Hand in einer Familie. Für sie war der Aufenthalt im Paradies und auch für ihre in Afrika verbliebenen Eltern eine

Einnahmequelle. Sie konnte durch ihre Au-Pair-Tätigkeit ab und zu Geld in die Heimat schicken. Die Gastfamilie hatte drei Kinder und sah in Ritas Ankunft sofort eine Unterstützung. Berufstätig zu sein und drei Kinder erziehen ist manchmal keine leichte Sache. Rita, die der deutschen Sprache nicht kundig war, konnte eine Abendschule besuchen und auch bei den Kindern lernen. Die Freude Ritas verflog erst nach drei Wochen. Das Familienoberhaupt fing an sie anzumachen. Aus Respekt vor der Ehefrau hat Rita sich immer geweigert. Aber die Hartnäckigkeit und die Ausdauer des Mannes waren groß. Eines Tages gab Rita nach und die beiden trafen sich in einem Hotel in einer anderen Stadt. Der Herr hat Rita ein Regionalticket besorgt. Das unmoralische Spiel war ein Strohfeuer. Die Frau erfuhr von den Abenteuern der beiden Unvorsichtigen und reichte einen Scheidungsantrag ein. Die Stimmung im Haus war sehr aufgeladen. Rita fand schließlich bei einem Pfarrer Zuflucht. Aber der konnte sie auch nicht lange bei sich wohnen lassen. Durch ihre schon bestehenden Kontakte in Europa versuchte Rita zu bleiben. Sie ließ sich in einem

Sprachkurs in einem anderen Bundesland einschreiben. So hat sie ihr Visum für eine kurze Zeit verlängern können. Sie ist bei einer Cousine, die sie auch bei sich nicht lange wohnen lassen möchte. Im Paradies versucht jeder sein Ich zu retten. Rita hat überall nach Menschen gesucht, die schon über paradiesische Papiere verfügen. Sie hat all ihre Kontakte, die sie im Paradies hatte, abgerufen, aber keiner konnte ihr helfen. Jeder wollte Geld von ihr. Manche wagten es sogar, ihr Angebote zu unterbreiten, die völlig unmoralisch waren. Aber wer keine Wahl hat, wer in Schwierigkeiten steckt, kann sich leicht auf das Wagnis einlassen, den Teufel zu küssen. Rita versuchte, ihr Ich zu retten. Ohne gültige Papiere konnte sie jederzeit abgeschoben werden. Dies bereitete ihr die größte Angst ihres Lebens. Mittlerweile weiß ich nicht mehr, was aus Rita geworden ist. Die Solidarität unter Afrikanern im Paradies ist quasi inexistent. Meistens trifft man sich, um zu feiern. Jeder zeigt bei dieser Gelegenheit seine Zähne, aber nicht alle gezeigten Zähne strahlen die Wahrheit aus. Im Paradies darf man sich nur auf sich verlassen und auf niemand anderen. Jedes Ich ist anders und strebt nach Macht und mehr Geld. Gib einem die Macht und er zeigt dir sein wahres Gesicht.

Allena hat mich längst vergessen. Sie hatte mich einmal, wenn ich mich recht erinnere, im Durchgangszentrum besucht. Es ist jetzt einige Jahre her. Ich konnte es kaum fassen, dass ich seit einer so langen Zeit hier im Paradies war. Mir war es mittlerweile gelungen, meinen Cousin Lassina zu erreichen. Seine Nummer hatten schon viele Leute in unserem Viertel in meinem Heimatland. Er wusste, dass keiner es wagen würde, ihn zu kontaktieren. Kommunikation war für jedes Portemonnaie zu teuer. Auf dem europäischen Festland war es einfach, ihn zu kontaktieren. Ich habe Cousin Lassina also kontaktiert. Der war sehr erstaunt, einen Anruf von mir zu bekommen. Er hat sich für mich gefreut. Aber ich wusste schon, dass das heuchlerisch war. Falsch zu sein zahlt sich in der heutigen Welt aus. Politiker machen das gerne. Sie lachen miteinander, wenn die Kameras auf sie gerichtet sind. Sie versprechen viel und fangen sofort an, unter diesem Kamera-Syndrom zu leiden. Sie verlieren ihre eigenen Aussagen aus den Augen, als ob der Teufel persönlich Besitz von ihrem Körper genommen hätte. Das Misstrauen der Völker wird im Lauf der Zeit dem Politiker gegenüber schließlich zu groß.

Ebola

Verschiedene Theorien liegen der Ebola-Krankheit zugrunde. Ebola ist eigentlich der Name eines Flusses in der Demokratischen Republik Kongo. An diesem Ort wurde die Ebola-Krankheit angeblich entdeckt. Der Ebola-Erreger sei das Marburg-Virus und wurde manchen Indiskretionen zufolge über Versuchstiere in der Pharmaindustrie in Deutschland auf den Menschen übertragen. Diese Krankheit hat in kürzester Zeit Aids massiv die Schau gestohlen. Aids war lange Zeit die Königin aller Krankheiten auf dem afrikanischen Kontinent. Sie hat so viele Menschen getötet, wie sie konnte und unzählige infiziert. Die ganze Welt wurde mobilisiert, um sie zu bekämpfen. Aber sie ist genauso wie Ebola eine von diesen „Negerseuchen" und man braucht sie nicht unbedingt richtig zu bekämpfen. Durch ihr tödliches Wirken werden die „Neger" weniger, so dass man ihnen ihre Rohstoffe leichter wegnehmen kann. Verschiedene Strategien der Kontrolle über Afrika wurden und werden ganz raffiniert ausgedacht, um an Rohstoffe zu gelangen. Neben den Krankheiten mit ihren verheerenden Folgen sowohl für die Menschen als auch für die Wirtschaft gibt es die erfundenen Kriege, die jedes Jahr tausende von Leben fordern.

Ich kann mich noch daran erinnern, dass ich einen alten Bekannten, Bolah aus Spanien, in einem Zug gesehen habe. Der Zug war an diesem Tag sehr gut besetzt. Es war an einem Wochenende. Ich habe Bolah einsteigen sehen. Bolah kannte ich schon seit einigen Jahren. Wir haben damals zusammen im Lager gearbeitet. Bolah hatte Spanien verlassen und erhoffte sich eine bessere Zukunft im Zentrum des Paradieses. Spanien war Teil des Paradieses, ging aber genauso wie Portugal pleite. Die Engel dieses Teils des Paradieses waren anscheinend nicht so fleißig wie die im Zentrum. Bolah war ein netter Mann. Einer, der richtig festgelegte Ziele im Leben hatte. Als wir im Lager im Auftrag einer Leihfirma zusammengearbeitet hatten, haben wir immer zusammen Pause gemacht. Ich hatte ihn lange nicht mehr gesehen. Als er in den Waggon einstieg, in dem ich war, wollte ich ihn zu mir rufen. Ich war an dem Tag sehr erkältet und hatte auch Husten. Ich rief ihn. Da sein Name mir gerade nicht einfiel, habe ich ein bisschen gestottert und hustend habe ich: Eh... Eh... Eh... Bolah... zusammengestammelt; so bildeten die Interjektionen und der Name Bolah zusammen das Wort Ebola. Die Panik an Bord des Zuges war sehr groß. Viele Fahrgäste verließen rasch, wie in Massenpanik, das Zugabteil. Ebola im Zug, Ebola im Zug, Ebola im Zug. Der Zug wurde sofort sichergestellt und die Sanitäter wurden aktiviert. Das Zugpersonal wurde alarmiert und ich wurde sofort in eine Ecke gesteckt, bis die Sanitäter eintrafen. Mein Kumpel Bolah war selber erstaunt und wollte zu mir kommen, aber das schaffte er gar nicht mehr. Niemand sollte sich mir nähern. Mit Ebola spielt man nicht. Es ist eine Sache der nationalen Sicherheit. Ich war hochgefährlich und die Ansteckungsgefahr war da. Ebola durfte sich nicht im Paradies ausbreiten. Mein Fall musste eingedämmt werden. Die Polizei wurde auch alarmiert. Der kleine Bahnhof, wo der Zug war, wurde auch abgesichert. Ich geriet selber auch in Panik und fing richtig an zu husten. Je größer meine Panik wurde, desto heftiger wurde mein Hustenanfall. Je häufiger und heftiger meine Hustenanfälle, desto kritischer und ernsthafter geriet ich unter Ebola

Verdacht. Die Sanitäter waren da. Bolah, warum hast du so einen komischen und panikerzeugenden Namen? Deinetwegen stecke ich jetzt in einer schwierigen Lage. Eh... Eh... Eh... Bolah hat mir Probleme verursacht. Meinetwegen und deinetwegen wird ein ganzer Bahnhof evakuiert. Die Presse war da und das Fernsehen auch. Ich wollte keinen Film drehen, in dem ich als Hauptdarsteller auftrete. Jetzt war der Film da und brauchte keine Übertragung auf die Leinwand, um tausende von Zuschauern zu erreichen. Die Sanitäter ließen mich aussteigen. Sie waren schwer ausgerüstet. Dicke Handschuhe, dichte Haube, dichte Schuhe hatten sie an. Zuerst wurde der ganze Waggon, in dem ich mich aufgehalten hatte, desinfiziert. Die Fahrgäste, die in demselben Wagen waren wie ich, ließ man sich sammeln. Sicher war sicher. Man durfte keinen Verdacht außer Acht lassen. Die Presse war in gebührendem Abstand anwesend und konnte ihren Bericht von der Lage geben. Ich wurde in einen Rettungswagen geführt. Dort sollte eine Diagnose erfolgen. Blutabnahme, Fiebermessung und Tausende von Fragen waren für mich mehr ein Trauma als Ebola selbst. Die Fragen haben mich richtig fertig gemacht:

-        Wann waren Sie zum letzten Mal im Ausland?

-        Mit wem waren Sie in den letzten zweiundsiebzig Stunden in Kontakt?

-        Wo wohnen Sie?

-        Wie werden Sie untergebracht?

-        Wann haben die Hustenanfälle angefangen?

Eine beträchtliche Blutmenge wurde mir abgesaugt. Sie sollte untersucht werden. Ein Ebola Verdacht im Paradies war überhaupt nicht gut für das Geschäft. Mein „Fall" musste eingedämmt werden. Es ging um das Überleben zahlreicher Paradieseinwohner. Man konnte nicht einfach zusehen, wie das paradiesische Leben im Ansatz gefährdet wurde. Zahlreiche Fragen wurden mir gestellt. Meine Antworten stießen immer auf unzählige „Wie bitte?". Ich war seit langem in diesem Teil des Paradieses und die Sprache der Engel habe ich wie wahnsinnig gelernt. Sprachspezialisten werden, ich bin mir dessen bewusst, sagen, dass egal wie gut ein Quereinsteiger ist, er nie das Muttersprachlerniveau erreichen wird. Ich möchte diese These nicht widerlegen, das ist nicht meine Arbeit. Ich sorge mich momentan um mich und darum, wie ich aus diesem Ebolakäfig herauskomme. Wie ich diese Mediziner sehe, werden sie mich nicht gleich loslassen. Sie müssen was finden. Ebola ist kein Witz und man darf damit nicht spaßen. Ich wurde gründlich untersucht. Ich glaube, ich brauche nach diesem Fall viele Jahre nicht mehr zum Arzt zu gehen. Alles wurde gecheckt. Ich bin bei den Medizinern etwa vier Stunden geblieben. Die Presse war draußen und wartete auf die Ergebnisse dieses Ebolaverdachtsfalls. Ich wurde sofort „berühmt". Ich werde morgen auf dem Titelblatt zahlreicher Zeitungen zu sehen sein. Verlorene Stunden. Ich hatte kein Ebola. Warum war es so schwer, zu verstehen, dass ich nicht gescherzt hatte und dass mein Kumpel tatsächlich Bolah hieß. Das E(h) hat sich aus Versehen in der Aussprache des Namens eingeschlichen. Das Ganze konnte mich teuer zu stehen kommen, ohne die Aussage meines Kumpels Bolah, der rechtzeitig begriffen hat, was vor sich geht. Es gibt Dinge, bei denen keine Scherze erlaubt sind. Ebola gehört zu eben diesen Dingen. Ebola ist eine Krankheit und bricht manchmal in verschiedenen Teilen Afrikas aus. Der letzte Ausbruch hat mehr als siebentausend Menschen das Leben gekostet. Diverse Hilfsleistungen wurden aus solidarischen Gründen nach Afrika geschickt. Manche Länder haben sogar Soldaten dorthin entsendet, vielleicht um mit Ebola einen frontalen Krieg zu erklären. Die Ebola-Bekämpfung war eine durchdachte Strategie für Länder wie die USA, um eine neue Haltung in Afrika zu zeigen. Eine Kartografie der vor Ort existierenden Ressourcen wurde gemacht und sobald Ebola vorbei ist, werden sich in diesen Teilen Afrikas amerikanische Firmen blicken lassen. Sie werden den Einheimischen Verträge anbieten, deren Klauseln für diese manchmal unklar sind. Das Staatsoberhaupt, das sich weigert, Verträge mit den übermächtigen USA zu unterzeichnen, kann zukünftig mit Schwierigkeiten im Amt rechnen. Es ist nicht zu vergessen, dass seit einigen Jahren die Wirtschaft der westafrikanischen Küste einen Boom erlebt, der natürlich Begehrlichkeiten in anderen Ländern weckt. Die Erscheinung von *Boko Haram*, die Kriege in Mali und in Libyen haben den Anlauf des westafrikanischen Wirtschaftsbooms ausgebremst. Aber Ebola hat mehr zur Ausbremsung dieser Wirtschaft beitragen. Ebola hat nicht nur für Panik in Westafrika gesorgt, sondern auch in der ganzen Welt. Reisende aus Westafrika wurden ständig an Flughäfen untersucht und gefragt, ob sie Fieber hätten. Fieber-messgeräte wurden an den Grenzen installiert.

Nach der Ebola-Show war ich ermattet. Ich konnte vielfach dummes Gerede bezüglich dieser Krankheit hören. Ganz schlau gesagt, wird diese Krankheit als Negerseuche betrachtet. Eine Negerseuche? Gibt es überhaupt solch eine Seuche, die nur den „Neger" betrifft? Ebola ist eine Krankheit wie alle anderen auch. Man dachte früher, dass es Krebs nur in den westlichen Ländern gäbe. Auch Krebs tritt überall auf.

Wo ist endlich das Paradies?

Nachdem ich alles durchgemacht und mein Unwesen fast überall getrieben hatte, habe ich endlich die ersehnten Papiere des Paradieses bekommen. Aus mir ist kein Unsterblicher geworden. Mittlerweile habe ich eine vernünftige Arbeit gefunden. Ich arbeite etwa vierzig Stunden in der Woche für sehr wenig Geld. Meine Arbeitgeber sind auch Ausländer. Sie unterscheiden sich durch ihre Hautfarbe äußerlich nicht von der auserwählten Bevölkerung. Ihre Haare und ihre Nasen waren das Problem. Sonst ist es schwer sie von der normalen Bevölkerung zu unterscheiden. Sie beherrschen die Sprache des Paradieses gut. Sie haben hier Familien gegründet und zahlreiche Kinder bekommen. Sie sind einfach Menschen, die unter sich heiraten. Dort, woher sie kommen, darf eine Frau keine Scheidung einreichen. Sie gehört zum Hab und Gut des Mannes wie in Afrika. Aber im Paradies sind die Regeln anders und die Frau kann eigene Entscheidung treffen und ihre eigene Meinung haben. In vielen anderen Teilen der Welt bleibt die Lage der Frau noch unklar. Sie muss Unterdrückung erdulden. Frauen stellen die Hälfte der Menschheit dar und dementsprechend können sie mit ihren Fähigkeiten zur Entwicklung dieser Welt beitragen. Länder, die es rechtzeitig verstanden haben, haben einen großen Vorsprung vor den anderen. In den afrikanischen Ländern ist die Situation der Frauen sehr unterschiedlich. Manche Länder wie das ehemalige Obervolta unter der Führung von dem afrikanischen „Engel" Thomas Sankara haben versucht, die Lage der Frauen zu verändern. Sankara gilt bis heute noch als Wegbereiter der Frauenemanzipation in seinem Land. Sein brutaler Tod im Oktober 1987 hat die Frauenbefreiung drastisch ausgebremst. Er versuchte für die Frauen aus dem vormaligen Obervolta das Land in ein Paradies umzuwandeln. Die politischen Zwistigkeiten in seinem eigenen engsten Kreis haben ihn das Leben gekostet. Jeder, egal wo er oder sie auch sein mag, kann sich ein Paradies leisten, aber nur mit den Mitteln, über die er oder sie verfügt.

Früher, als der Mensch nicht so gierig und so verdorben war, war das Leben einfach ein Wunder. Man konnte mit wenig ein ehrwürdiges Leben führen. Aber heute ist alles teurer und der Mensch immer selbstzerstörerischer und seine Bedürfnisse nach mehr immer zuungunsten der Erde größer. Mittel für einen Krieg sind leichter zu finden, als die, um eine Hungersnot einzudämmen oder auch Krankheiten auszumerzen. Außerdem ist der Mensch taub geworden und hat überhaupt nicht aus der Vergangenheit gelernt. Jeden Tag werden gefährliche Waffen hergestellt, nicht um Monster zu töten, sondern sie werden gegen den Mitmenschen eingesetzt unter Verachtung der Ethik. Fanatiker entstehen überall und verbreiten sich wie eine Seuche auf der Erde. Die Geschichte wiederholt sich, aber mit kulturellen Unterschieden. Wir, Menschen, gelten als hochbegabte und zivilisierte Wesen unseres Planeten, aber auch als die unvernünftigsten, die es je gegeben hat. Aus allen Genoziden haben wir nichts gelernt. Je heller die Farbe der Genozidopfer ist, desto kritischer und empörter wird die westliche Presse. Der ruandische Genozid wird nie eine Resonanz haben wie der in Armenien durch die türkische Regierung und der jüdische unter den Nazis. Die Genozidopfer der Kolonisation werden nie entschädigt. Sie werden einfach vergessen. Die Konquistadoren haben Lateinamerika ausgebeutet und Völker und Kulturen im Namen der Zivilisation niedergemetzelt. Eine Karte der Genozide zeigt deutlich, dass die Orte, in denen die meisten Genozide geschehen sind, sich in Entwicklungsländern befinden. Je ärmer ein Land ist, desto winziger ist seine Präsenz in der Weltaktualität. Für Gräueltaten sind meist afrikanische Länder in den westlichen Medien bekannt. Über Wirtschaftswunder und Fortschritte wird kaum geredet. Angola gilt als Wirtschaftsmodell auf dem afrikanischen Kontinent. Kaum ist darüber in den westlichen Medien zu lesen. Als der Bürgerkrieg in den 70er in dem Land wütete, wurde die „Barbarei" und die „Unzivilisiertheit" der Angolaner ans Tageslicht gebracht. Aber dabei wurde kaum von der Barbarei und der Grausamkeit der Waffenhändler berichtet. Die gelten nur als ehrliche und geschäftsorientierte Menschen für ihre jeweiligen Länder. Ermordet ein Franzose kaltblütig einen Afrikaner oder einen Lateinamerikaner, so ist das Geschehen nicht so relevant. Er ist der Bürger eines wohlhabenden Landes und sollte auch dementsprechend in seinem Land verurteilt werden. Eine andere

Gerichtsbarkeit ist nicht vertrauenswürdig genug, um ihn zu verurteilen. Er kann bloß in sein Land geschickt werden, wo das Gefängnis humaner ist und die Rechtsprechung in solchen Fällen für ihn ganz kuschelig wird. Deswegen können US-Amerikaner sich überall benehmen, wie sie wollen. Im Namen der *National Security* verletzen sie internationale Abkommen und Pakte. Sie verkaufen sich für Verfechter der Demokratie in der Welt. Die von Ihnen befürwortete Demokratie nimmt keine Rücksicht und zerstört mehr als sie darf. Meist ist das Auftauchen der US-Amerikaner in einem Land für die Errichtung von Demokratie letztendlich mit Chaos und Unruhe verbunden. Der Irak, Libyen und Syrien liegen heute in Schutt und Asche. Hinter dem Niedergang Libyens und Syriens steht der Arabische Frühling, aber Verschwörungs- theoretiker sehen US-amerikanische Hände dahinter. Der Arabische Frühling wäre ein durchgeplantes Chaos, um „Diktatoren" loszuwerden. Überall entstehen direkt oder indirekt Reaktionen auf diese amerikanische Dominanz. Manche Länder, wie Russland, haben in der letzten Zeit aufgerüstet und wollen sich aktiv an der neuen Welle der (Re)-Kolonisation der Welt beteiligen. Die damaligen bekannten Kolonialempires verlieren allmählich Boden zugunsten der chinesischen, russischen und amerikanischen Großmächte. Das *United States Africa Command* abgekürzt Africom wurde im Namen des Kampfs gegen den Terrorismus für Afrika gegründet. Aber trotz deren Präsenz hat der Terrorismus einen fruchtbaren Boden in Afrika bzw. in Westafrika gefunden. Mali, Nigeria, Niger und Burkina Faso mobilisieren schon seit Jahren enorme Mittel gegen Terroristen und deren Zellen. Eine Diktatur-Demokratie entsteht langsam durch den Zwang der US-Amerikaner die Welt zu homogenisieren. Eine homogene Welt ist eine Diktaturform, die der Biodiversität und der Meinungsfreiheit tiefgreifend widerspricht. Eine Welt der Vielfalt, der Meinungsfreiheit, der verbalen Konfrontationen, statt der militärischen Konfrontationen, wäre ein Ideal. Politik sollte der Leitfaden einer gerechteren und fairen Gesellschaft sein. Stattdessen ist sie die Kunst des Lügens und der Massenverdummung geworden. Wir sind alle seit hunderten von Jahren schon manipuliert. Die

Mittel der Manipulationen heute sind im Fernsehen, im Radio, in der Zeitung und nicht zuletzt im Internet zu finden und Geld ist das Hauptmanipulationsmittel. Durch diese Mittel verheimlichen Politiker vor ihren Völkern vieles und sie schaffen es, einen großen Herdeneffekt zu verursachen. Wie viele Europäer und Amerikaner wissen wirklich und ganz genau, was ihre Politiker im Ausland treiben? Im Namen der Demokratie werden Waffen an Diktatoren geliefert, damit sie auf ihr eigenes Volk schießen. Die Demokratie, wie von den Großmächten befürwortet, ist eine Politik der eigenen Interessen und mehr nicht. Sie führt immer einen Doppeldiskurs. Als das burkinische Volk sich 2014 gegen den damaligen Präsidenten Blaise Compaoré erhoben hat, hat die ehemalige Kolonialmacht Frankreich eine zweideutige Haltung eingenommen. Einerseits versuchte Frankreich durch unklare Stellung, die Macht Compaorés zu unterstützen und den Demonstrationen Einhalt zu gebieten. Für die Franzosen in Westafrika galt Compaoré nach dem Tod des *sage d'Afrique* Félix Houphouet Boigny als das Mädchen für alles. Wie ihn, hat Frankreich in jeder Region

Afrikas Marionetten. Andererseits musste Frankreich, nachdem die Demonstrationen gegen das Regime von Compaoré nicht nachgelassen hatten, seine Haltung schnell ändern. Frankreich musste Compaoré fallen lassen und sich rasch den Demonstranten anschließen. Das nennen *Spin Doktors* und Politiker Realpolitik. Die Gefälligkeiten der durchgesetzten Demokratie weltweit scheint kulturelle Dimension anzunehmen. Der Versuch, die „Demokratie" im Irak, in Syrien und Libyen zu implementieren, ist akut gescheitert. Es strömen jeden Tag unzählige verzweifelte Menschen nach Europa, um ihr Leben vor dem Krieg zu schützen. Das Meer ist das größte Massengrab aller Zeiten und beherbergt Leichen aller Nationalitäten und hat noch mehr Plätze für Migranten und Flüchtlinge anzubieten, solange die Großmächte sich wie Elefanten im Porzellanladen benehmen. Syrien ist heute ein besorgniserregenderer Fall und sorgt für einen ernsthaften Kolonisationsfall, in den Amerikaner, Russen, Briten, Franzosen, Iraner, Türken verwickelt sind. Ressourcen und Geostrategie scheinen die triftigen Gründe zu sein. Das Land kentert wieder und wieder und übergibt zwangsweise seine Völker an andere Länder.

Ich habe echt Glück gehabt, dass ich über eine Frau Europa erreichen konnte. Leider haben viele dieses Glück nicht gehabt. Eine Dame, die ich vor paar Tagen im Paradies getroffen habe, ist von Bagdad nach Berlin zu Fuß gekommen. Sie war etwa sechs Monate unterwegs und musste mit ihrem Bruder vor den IS-Terrormilizen fliehen, einer Miliz, die aus dem „Nichts" entstanden ist, mit Waffen amerikanischer, deutscher, russischer, belgischer und französischer Fabrikate. Die modernsten Waffen der Welt haben einen Ort für ihre Erprobung gefunden. Keiner kann genau sagen, was in Syrien derzeit abläuft und welche Maschinen des Todes eingesetzt werden. Neulich gab es einen Skandal in Deutschland über eine nicht funktionstüchtige Waffe, die der Armee einfach geliefert wurde. Diese Waffen werden nie gegen das deutsche Volk verwendet. Sie werden für Auslandseinsätze hergestellt und bleiben Eigentum der Bundeswehr. Eine neue Form der Safari erblickt nun das Licht der Welt. Früher ist man gern auf die Jagd gegangen und man hat dabei mit Freude viele wilde Tiere niedergeschossen. Die neue Safari ist jetzt eine wilde Jagd auf „böse Menschen" mit den modernsten Waffen. Böse ist relativ und leider kann das Böse nicht eindeutig zugeordnet werden. Wer gibt wem das Recht auf Tötung? Wer darf leben und wer nicht?

Die massive unangemeldete Ankunft von Flüchtlingen in Europa schürt bei den Rechtsradikalen die Stimmung. Die Angst vor Fremden, vor dem Unbekannten, die Angst vor dem Zusammenbruch des eigenen Systems, die Suche nach Ruhe, die Absicherung des eigenen Lebensstandards und die Intoleranz wachsen schnell bei vielen Europäern. Vielleicht vergessen viele Europäer auch, dass ihre jeweiligen Regierungen in Waffengeschäfte verwickelt sind, die Unruhen in der Heimat der Neuankömmlinge verursachen. Keiner verlässt freiwillig seine Heimat, um anderswo ein neues Leben anzufangen. Es gibt Gründe und es wird immer welche geben. Ein intelligentes Zusammenleben miteinander sollte eine Vertrauensbasis für eine multikulturelle Gesellschaft sein. Klischees und Stereotypen sind Bremsen für diese Basis. Sie werden von Rechtsextremisten ausgenutzt, um Terror anzurichten. Klischees wie der

Schwarze ist dreckig, arm, faul, ungesund, der Syrer ist kriegerisch, unzivilisiert, barbarisch, der Chinese ist nicht integrationsfähig sind nicht geeignet, um uns zur Lösung im Kampf gegen Ausgrenzung und Intoleranz zu verhelfen. Sie sind große Klötze am Bein. Die Arbeitskultur ist von einem Land A zu einem Land B unterschiedlich. Nachbarn arbeiten sogar unterschiedlich. Das Endprodukt ist, was letztendlich zählt. Die Kapitalisierung oder der Kapitalisierungsversuch vieler Länder ist eine Form der Homogenisierung, die auf Dauer Konflikte erzeugt. Konfliktragende Keime sind manchmal in uns, in unseren Zielen, in unserem Blick, in unserem Gesellschaftsstandard, in unserem Umgang mit dem anderen. Solange der andere als unterlegener Mensch eingestuft wird. Die Semantik des Herabsetzens ist vielfältig und dehnt sich jeden Tag aus. Begriffe wie Nationalität, Sprache, Kaufkraft, Wettbewerbsfähigkeit, Hautfarbe, Haarfarbe, Aussehen, Ausweis/Pass, Minderheit, Mehrheit, Armut, Krankheit, Zivilisiertheit sind gute Vorwände, um jemanden herabzusetzen. Manche Pässe sind an sich wie Passwörter für Ali Babas Wunderhöhle. Die Flüchtlinge werden in die Empfangsgesellschaft aufgenommen. Diese Gesellschaft will sich als eine Willkommensgesellschaft verkaufen, aber sie will gleichzeitig nicht als Schlaraffenland herhalten. Hinter dem Deckmantel der freundlichen Aufnahme verbergen sich starke politische Motive. Es geht zum einen langsam darum, die Bevölkerung der Aufnahmegesellschaft zu verjüngen und zum anderen darum, der Wirtschaft vor Ort einen neuen Impuls zu geben. Alles boomt auf einmal im Lande. Aber es ist zu vermerken, dass es Ungerechtigkeit in der Behandlung von Flüchtlingen gibt und dies schon seit eh und je. Es gibt verschiedene Flüchtlingsarten: politische, klimatische, wirtschaftliche, kulturelle. Die Mehrheit der Flüchtlinge sind Geschöpfe der von außen forcierten Demokratie und der Zwangshomogenisierung der Welt und deren forcierten Kapitalisierung. Warum kann jedes Land sich nicht einfach seinen eigenen Weg aussuchen, ohne den Zorn des *Big Brothers* zu spüren, zu bekommen? Man befreit kein Volk, es befreit sich selbst. Es wimmelt von Flüchtlingen aller Länder in Europa mit Unterschieden in der Behandlung. Je dunkler die Hautfarbe, umso schwieriger ist die Aufnahme.

Solidarität ist überhaupt nicht schlecht und ist eine Tugend großer Nationen, aber dabei sollte keine Differenzierung zwischen heller und dunkler Haut gemacht werden. Die Strömung von Flüchtlingen aus Syrien und dem Irak nach Deutschland hat die nationale Stimmung in Deutschland verschlechtert. Viele sind der Meinung, dass die Stabilität der Nation in Frage gestellt wird und organisieren sich in ausländerfeindlichen Bewegungen. Währenddessen schreien manche lautstark ihre Fassungslosigkeit gegenüber dem Elend und der Ungleichgültigkeit ihrer Landsleute heraus und rufen nach einer bunten Gesellschaft. Die Entstehung zweier Bewusstsein ist der Ausgangspunkt eines langen Konflikts, der leider die Stimmung verderben wird. Während die einen von einem politischen Tsunami reden und drastische Maßnahmen ergreifen wollen, appellieren die anderen an Toleranz und Verständnis. Wie hätte die Lage ausgesehen, wenn der Flüchtlingstsunami aus Schwarzafrika käme? Es wäre nicht sicher, dass sie derlei Behandlung und Solidarität bekämen. Die deutsche Kolonialzeit in Afrika ist längst vorbei und es sind keine deutschen Kolonien in Afrika vorhanden. So interessiert Schwarzafrika weniger als andere Kontinente. Es kommt öfter zu Missverhältnissen zwischen zwei naheliegenden Kontinenten wie Afrika und Europa. Der eine wird meist ausgebeutet, damit der andere überleben kann. Unzählige tödliche und giftige Programme wurden und werden jeden Tag für die Länder Afrikas von Europäern gebastelt, die niemals einen Fuß nach Afrika gesetzt haben. Die haben gute Diplome und sind ausgebildete Menschen, die leider genauso kriminell sind wie die Waffen, die sie in Krisengebiete verschicken. Eine schlechte Politik ist wie eine Zeitbombe, die früher oder später explodiert und Menschenleben fordert. Solange europäische Interessen in Afrika von Afrikanern abgesichert werden, ist den westlichen Politikern egal, ob diese Despoten oder Diktatoren sind. Hauptsache ist, dass Ressourcen zugunsten der europäischen Nationen ausgebeutet werden. Ressourcen billig bzw. kostenlos zu ergattern verlängert die Amtszeit jedes Diktators an der Macht, der als Gegenleistung die modernsten Waffen für seine Sicherheit und die seiner Familie bezieht. Waffen fordern viele Opfer und Flüchtlinge. Die aus Europa nach Afrika oder Asien exportierten Waffen lassen Flüchtlinge nach Europa importieren. Meist machen Europäer und Amerikaner gemeinsame Sache, die größtenteils zugunsten der Europäer zu Ende geht. Die USA sind abgelegen von Europa und Europa hat meist die von US-Amerikanern durch Kriege oder eine durchgesetzte Demokratie verursachten Probleme in der arabischen und afrikanischen Welt auszubaden. Es ist für die Flüchtlinge einfacher, die europäischen Küsten zu erreichen als die US-amerikanischen Küsten. Die modernsten Waffen und eine schlechte Politik für die Entwicklungsländer sind Gefahren für die Erschaffung eines Paradieses. Das Paradies liegt überall. Es ist die Summe guter Taten und der Hingabe an Zusammenarbeit und näherem Kennenlernen. Die Macht und die damit verbundenen Interessen haben unsere Welt verdorben und uns voneinander entfernt. Der Begriff „fremd" ist meistens mit Angst verbunden. Der Selbstschutz und der Schutz seiner Angehörigen haben den Hass vergrößert. Es gäbe genug für alle auf dieser Erde. Die Überbevölkerung der Erde ist eine durchdachte Strategie, um den Menschen mehr Angst einzujagen. Solange die Strategie der Reproduktion besteht und der Mensch nicht Neues erfinden kann, als das, was die Natur ihm gibt, wird er für immer in der Logik der Reproduktion bleiben und dieselben Fehler der Vergangenheit wiederholen. Viele Kriege wurden seit dem Ende des Zweiten Weltkrieges geführt und die Menschheit hat aus ihnen keine Lehre gezogen. Kriege werden immer mehr, bedrohlicher und moderner.

Meine Arbeit im Paradies verschaffte mir ein bisschen Geld und gutes soziales Ansehen, wenn ich meine Familie in der Heimat besuchte. Ich war nicht wie mein Cousin. Der Unterschied zu ihm war groß. Ich habe niemals versucht, mit meinem Geld Menschen zu kaufen oder zu bestechen. Meine Eltern haben sich verändert. Das Alter hat ihnen Vernunft und gute Manieren beigebracht. Mit dem Altwerden philosophierte mein Vater anders und versuchte, sich mit all seinen Kindern zu versöhnen. Ich, das lebende Pech der Familie, die Schande der Familie, der ausgewanderte Sohn, sollte zurückkommen, damit wir die Friedenspfeife rauchen konnten. Nach so vielen Jahren ohne Lebenszeichen gegeben zu haben, kam ich in meinem

Urlaub endlich mal nach Hause. Es sind siebzehn gute Jahre vergangen, siebzehn gute Jahre. Ich hatte einen guten Freund, mit dem ich in guten und schlechten Zeiten in Verbindung geblieben bin. Der war ein treuer Freund. Er hat mir immer Nachrichten über meine Eltern über Facebook, Viber und Skype gegeben. Die Telefonkosten zwischen dem Paradies und meiner Heimat sind sehr hoch. Ich war wieder in der Heimat, aber für eine sehr kurze Zeit. Meine Urlaubstage sind gezählt. In diesen Tagen sollte eigentlich viel geschafft werden. Ich hatte vor, viele alte Bekannte zu besuchen, aber der Tod hat mir den Weg verkürzt. In der Tat sind viele Leute nach meinem Verschwinden verstorben und neue sind geboren. Das Haus meiner Eltern war zerfallen. Alle Geschwister haben mittlerweile geheiratet und Kinder bekommen. Sie kümmerten sich mehr um ihre Familien als um ihre alten Eltern. Papa saß abgemagert vor der Tür mit einem verzweifelten Blick. Als ich aus dem Auto ausstieg und mich vor ihn stellte, hat er mich nicht wieder erkannt. Eine Frau in der Nach-barschaft hatte mich aber sofort erkannt und rief meinen Namen so laut: Makaiboo. In diesem Augenblick reagierte mein Vater überrascht und verwirrt. Makaiboo? Wo ist er denn? Die Frau erwiderte: vor dir! So konnte ich verstehen, dass mein Vater blind war. Seine Augen waren tot und der einzige Ort, an dem er jeden Tag von Morgen bis Abend gesessen hat, war diese Ecke vor der Tür. Er stand auf und kam auf mich zu. Ohne lange zu zögern, habe ich ihn sofort umarmt. Wir beide brachen in Tränen aus. Liebe ist stärker als Hass. Ein Vater oder eine Mutter kann man leider nicht ersetzen. Die moderne Gesellschaft versucht oder hat versucht, alles, sogar Familienbindungen, zu vereinfachen. Es gibt Pflegeeltern und Leiheltern. Das sind Vereinfachungen und Wiedergutmachungsversuche, Ungerechtigkeiten zu korrigieren. Wenn alles richtig und vernünftig funktionieren würde, gäbe es genug für alle Menschen auf dieser Erde. In ihrer „primitiven" Form war unsere Welt gerechter, vernünftiger und hilfsbereiter als jetzt. Als ein Mensch in Not war, hat man sich unmittelbar um ihn gekümmert. Es kommt immer der blöde Spruch raus: selber schuld. Wie kann einer selber schuld sein, wenn er sich in einem schon für ihn fremden Schema befindet? Die Hilfe in der heutigen Welt ist mit so vielen Vorgaben verbunden, dass der Helfende sich strafbar machen kann. Man kann eigentlich helfen und danach rechtlich verfolgt und bestraft werden. Ein Mann fällt vor einem Krankenhaus um, während ein Mitarbeiter des Krankenhauses draußen seine Raucherpause macht. Anstatt ihm direkte Hilfe zu leisten, ruft er erst den Notfalldienst. Bis der eintrifft, ist der kollabierte Mann vielleicht tot. Der Mitarbeiter des Krankenhauses wird wegen fahrlässiger Tötung angeklagt. Unsere Welt wird immer kinderfeindlicher. Ein Kind kann und wird es auch nie es schaffen, die natürlichen Bindungen zu seinen Eltern zu trennen. Diese Bindung ist so stark, dass Kinder, wenn die Eltern versterben von direkten Angehörigen der verstorbenen Eltern aufgenommen und gepflegt werden sollten.

Mein Vater und ich umarmten uns lange. Eine dabeistehende Frau konnte ihre Tränen nicht zurückhalten. Sie war sehr gerührt. Nach einer langen Pause brachen wir beide in Entschuldigungen aus. Meine Koffer waren im Auto und ich hatte nicht eingeplant, im Elternhaus zu bleiben. Ich war hassgeladen meinen Eltern bzw. meinem Vater gegenüber, aber er war mein Vater und ich konnte ihm schweren Herzens alles verzeihen. Hass ist ein schlechtes, irreführendes Gefühl. Viele Menschen reagieren leider im Hass unüberlegt. Hass ist der Zerstörer von Nationen, von Familien und auch von Beziehungen. Solange Israelis und Palästinenser sich im Zorn und Hass gegenüberstehen, werden die Friedensdiskussionen immer scheitern. Der Konflikt zwischen den beiden Brüdern braucht eine dringende Lösung, die aber in deren Händen liegt. Der Hass ist zu groß und er hat die Menschen vor Ort verblendet. Hass zwischen Israelis und Palästinensern lässt sich mit Ausdrücken wie Terrorismus, Anschlag, Mord, Rache, Ausrottung, Siedlung, Abschiebung, Schande, Entbehrung, Gefängnis, Radikalismus, Negierung, Waffenhandel und Ausrüstung beschreiben. Dieser Cocktail ist nicht zugunsten eines nachhaltigen Friedens gemacht. Kinder werden geboren und im Hass unterwiesen. Hass ist keine Lösung. Die Familie und die Schule sollten Schulungsorte für Kinder werden, da diese Zukunftsträger sind. Aber leider sitzen wir alle in einer Falle, die des Geldes und der Macht mit einem Tunnelblick und mit diktierten

Vorschriften aus den USA. Unser Lebensstandard macht uns glücklich und arrogant und lässt die Angst und den Hass vor dem Fremden immer mehr wachsen. Der Ansturm auf das Paradies durch die Menge der Flüchtlinge hat nicht nur die Kehrseite einer misslungenen westlichen Politik und eines Wahns, sondern auch die, die ganze Welt politisch zu homogenisieren.

Die Ankunft der Flüchtlinge hat nicht nur Nachteile für die Empfangsgesellschaft. Sie hat auch Vorteile. Aus Angst vor dem Fremden erschwert sich die Völkerverständigung auf beiden Seiten durch Klischees. Die einen sehen die Neuankömmlinge als Steuerfresser an und die anderen als fanatisch-islamisierte Menschen, die Missionierungsversuche vorhaben. Nicht alle sind radikalisiert. Es sollte relativiert werden. Viele sind einfach geflüchtet, um ihr Leben zu retten. Die IS-Terrormiliz hat in Syrien und in dem Irak deren Familien, deren Arbeit, deren Beziehungen und Leben mit dem Segen von vielen Nachbarn zerstört. In der Empfangsgesellschaft müssen die Flüchtlinge die neue Sprache lernen, um integriert zu werden. Darüber hinaus müssen sie den Alltag im Aufnahmeland bewältigen. Ich unterhielt mich einmal mit einem Flüchtling, der verheiratet war und sieben Kinder hatte. Er war sehr sauer auf die unklare Situation in seinem Land. Sein älterer Sohn war in Assads Gefangenschaft und er wusste selber nicht, wann er befreit würde. Er brach in Tränen aus, als er mir von seinem guten und schönen Leben in Syrien erzählte. Er hatte ein eigenes Geschäft, zwei Häuser, einen großen Acker und ein Dutzend Ziegen besessen. Er hat alles im Rahmen des arabischen Frühlings verloren. Alles ging schnell und das Paradies zahlreicher Syrer und Iraker wurde unerklärlicherweise zerstört. Die Verteufelung von Assad und dessen Regime durch die westlichen Länder vergrößern das Ressentiment bei den syrischen Flüchtlingen im europäischen Raum. Der zukünftige Schauplatz für syrische Konfrontationen ist demnächst Europa, wenn es nicht schon so ist.

Der Kapitalismus giert nach Ressourcen und fordert mehr Opfer und lässt einen Krieg des Bewusstseins entstehen. Verschiedene Denkweisen blicken sich ganz feindlich an und gehen gewalttätig aufeinander zu. Viele Anschläge auf fremden Boden sind eine Erklärung dafür, dass der

Bumerangeffekt präsent ist. Die militärische Überlegenheit in der Luft großer Nationen ist keine dauerhafte Lösung gegen radikalisierte Gruppierungen, die sich bereits für den Tod erklärt haben und bereit sind, alle Mittel einzusetzen, um Terror zu verbreiten. Die (Re)-Kolonisierung fremder Länder im Namen der Demokratie ist eine Gefahr für die Stabilität der ganzen Welt. Während die einen eine globale Durchsetzung ihrer Weltanschauung geprägt von Demokratie und Ausbeutung der lokalen Ressourcen für eigenen Bedarf befürworten, neigen die anderen einem Gleichgewicht zu, obwohl auch sie stillschweigend den anderen ihre Weltanschauung aufdrücken wollen. Die beiden Weltelefanten im Porzellanladen sind zweifelsohne die USA und Russland und ihre jeweiligen Alliierten. Sie versetzen die ganze Welt in eine dämliche Spielerei, die der restlichen Welt Opfer kostet. In seiner Blütezeit unter Gaddafi war Libyen ein Beispiel für Wirtschaft und Unabhängigkeit. Der Machthaber Gaddafi erhielt von den westlichen Ländern allerlei schlechte Attribute, wie Despot, Diktator, Verbrecher, unberechenbarer Mensch, Exzentriker, nachdem er Alleingänge zu machen drohte. Die Weltkonstellation ist so aufgebaut, dass keiner aus der Reihe tanzen darf. Wenn ein Land keine US-amerikanische oder russische Weltanschauung verkörpert, wird dieses Land als Widersacher, Schurkenstaat, Drogenhändler kategorisiert. Solch ein Land gilt als herrenloses Land und ist leicht angreifbar. Es ist heute ratsam, obwohl es keine richtige Lösung ist, sich als Land hinter einem Weltelefanten zu verbergen. Jenes Land, das die Wahl trifft, sich der USA oder Russland anzuschließen, muss auch mit einer Quittung für seine Wahl rechnen. Migranten und Flüchtlinge aus Krisengebieten strömen meist in Länder, die niemals grünes Licht für einen Krieg in ihrem Land gegeben haben. Das paradiesische Deutschland, Italien, Dänemark müssen für Probleme bürgen.

Mein Vater schwankte zwischen Freude und Schmerz. Er wollte mich nicht mehr loslassen. Das Umarmen war wie ein Appell an mich: mein Sohn, bleib bei mir! Geh nicht wieder zurück! Die Emotionen waren stark und die Tränen haben sich freien Lauf gebahnt. Meine Mutter war blind und saß vor ihrer Tür. Das Auto stand draußen mit meinen Koffern. Bevor ich ins Hotel fuhr, musste ich mich im Elternhaus aufhalten. In kurzer Zeit war unser Hof voller Besucher und neugieriger Leute. Jeder wollte sich die Szene, die Rückkehr des damaligen Pechs nicht entgehen lassen. Unerwartet kamen Griots zum Vorschein mit ihren Trommeln und fingen an, Lobgesänge auf mich zu singen. In solchen Fällen bekommen sie etwas Geld oder Geschenke. Sie sind Menschen mit einem Elefantengedächtnis und wissen viel über alle Familien ihres Dorfes. Durch den Nachnamen wissen sie schon, ob es der Mühe wert ist, für jemanden einen Lobgesang zu brummen. Eine Schar unzähliger Griots sind ausbeuterischer als eine Heuschreckenplage. Gebürtige Griots sind feine Redner. Sie sind keine Verfälscher der Geschichte und der Genealogie einer Familie. Aber andere Griotarten sind wie Kletten. Sie lassen nicht los. Die Konkurrenz der Griots beider Arten vor unserem Tor war hart. Jeder schrie sich heiser, damit seine Stimme bei dem Spender, der ich war, ankam. Frauen der Umgebung waren am Tanzen. Der alte Konè hat seinen verschollenen Sohn wiedergefunden. Eine improvisierte Party fand statt, aber nur für eine kurze Weile. Ich gab den Griots, was ich an Lokalwährung hatte und versprach ihnen schweren Herzens, ihnen später etwas Gehaltreicheres zu geben. Die Sonne schien uns zu belachen und nahm langsam Abschied von uns mit all seinen Begleitern, die den Tag verschönern. Die Dunkelheit umhüllte die Stadt und schob langsam den Tag zur Ruhe. Die Tänzer verließen nach und nach die Tanzfläche und gingen ihren Beschäftigungen nach. Einige blieben und wollten mich sehen. Später brachten die Nachbarn Essen und Trinken mit. Die guten Bräuche waren, Gott sei Dank, nicht in Vergessenheit geraten. Jede Familie, die in der Straße wohnte, hat etwas geschickt. Ich habe mich richtig geehrt gefühlt. Die ganze Nacht hindurch habe ich keinen Schlaf gefunden. Es war mir einfach zu warm und die Mücken waren sehr erfreut, einen neuen Kandidaten für Malaria zu finden. Sie haben sich die ganze Nacht einer blutreichen Party gewidmet. Meine Entscheidung, bei meinen Eltern zu bleiben, hatte natürlich eine Kehrseite. Nach so vielen Jahren im Ausland war mein Körper den örtlichen Realitäten entwöhnt. Malaria ist eine tödliche Krankheit, gegen die bis dato keine richtigen Mittel gefunden sind. Es gibt nur Spekulationen der Pharmaindustrien, die sich jährlich die Taschen mit dem Malariageschäft füllen. Es ist heutzutage sehr einfach, eine Bombe nach Syrien oder Libyen zu schicken, um dort Menschen umzubringen. Aber es scheint unmöglich zu sein, einfache Mittel zur Auslöschung von Malaria zu finden. Malaria ist keine westliche Krankheit, also kein Risikofaktor für die dortigen Einwohner. Jährlich sterben mehr als 1,2 Millionen Menschen an Malaria mit einer steigenden Tendenz. Jedes unabhängige Land auf dem afrikanischen Boden sollte Strategien zur Bekämpfung der Malaria entwickeln. Das Zögern, die Politik der Kurzfristigkeit, das Verwerfen herkömmlicher Arzneimittel, der Mangel an verantwortungsvolleren Strukturen mit adäquat ausgebildetem Personal, die Vernachlässigung der Wissenschaft und die ausgesprochene Vorliebe für dubiose medizinische Produkte aus dem Ausland erschweren den Malariakampf.

Ich bin so früh wie möglich aufgestanden. Mein Vater war schon längst wach und hatte schon sein Morgengebet verrichtet. Meine Mutter war auch wach. Sie war noch in ihrem Zimmer. Sie und ich konnten gestern nicht viel reden. Ich ging in ihr Zimmer und machte vor ihr aus Respekt einen Kniefall. Ich betrat das Zimmer und begrüßte sie. Sie litt sehr unter ihrer Blindheit. Sie konnte nichts mehr machen und war auf die Hilfe eines kleinen Mädchens angewiesen, das alles für sie machte. Ich litt auch darunter, dieses kleine Mädchen zu sehen, dessen Zukunft geopfert wurde. In diesem Alter gehört sie in die Schule. Leider werden landesweit die Zukunft zahlreicher Mädchen wie die von Sinta geopfert. Eltern bevorzugen es, Jungen in die Schule zu schicken, unter dem Vorwand, dass es sich rentiert. Gesetze zum Schutz der Frauen und Mädchen existieren hierzulande, aber umgesetzt werden sie selten. Ernsthafte Kontrolle gibt es diesbezüglich kaum. Eine Welt, die vorankommen möchte, funktioniert mit der Frau zusammen, genauso wie derjenige, der sich fortbewegen will. Der Mensch ist auf seine beiden Beine angewiesen. Er kann nicht freiwillig auf ein Bein verzichten. Die beiden Beine setzen sich in Bewegung, damit man richtig vorankommen kann. Die Befreiung der Frau ist ein wichtiger Schritt in der Befreiung des ganzen afrikanischen Kontinents. Meine Mutter dachte, dass ich längst tot sei. Meine lange Abwesenheit klang bei ihr wie mein echter Tod. Sie konnte ihren Ohren nicht trauen. Makaiboo war da. Dies klang, wie die Rückkehr des Wunderkindes. Sie stand auf, um mich zu umarmen. Ich half ihr dabei. Sie hatte Tränen in den Augen und ich auch. Wir haben uns sehr lange nicht gesehen. Die Versöhnung verlief ganz natürlich. Meine Eltern sind alt geworden. Die Zeit ist nicht spurlos an ihnen vorbeigegangen und auch an mir nicht. Ich war jetzt ein europäischer Bürger. Ein Stück Papier bestimmte jetzt, wer ich war. Ich war kein richtiger Afrikaner mehr und auch kein richtiger Europäer. Ich stand in der Mitte und die Mitte ist kein Land, die Mitte ist kein Ort, in dem ein Mensch stehen mag. Im Paradies, wo ich mich aufhielt, wurde ich Ausländer genannt: Bei mir zu Hause nannten sie mich schwarzer Europäer. Im Viertel genoss ich ein großes Ansehen. Der alte Imam war verstorben. Ein Neuer war da. Der war gieriger als der Verstorbene. Nicht weit von der Moschee wurde in den letzten Jahren eine evangelische Kirche gebaut. Die Konkurrenz zwischen den beiden Religionen ist hart und jeder der beiden religiösen Führer versucht jeden Tag neue Seelen zu bekehren. Die beiden sind gierig und ein wohlhabendes Mitglied für die Moschee oder die Kirche ist immer gut. Der Pfarrer sowie der Imam haben mich schon besucht. Jeder hat ein Anliegen und Projekte. Der eine möchte einen Fußballplatz für die Kinder und eine Kirche und der andere neue Gebetsteppiche für die Moschee und einen Leichenwagen für seine Gemeinde. Es sind gute Projekte, aber man weiß überhaupt nicht, ob das Geld dafür richtig ankommen wird. Ein Bekannter von mir hat mir erzählt, dass er mit Ordensschwestern zusammengearbeitet hat. Er war bei denen der Zuständige für Finanzen und Korrespondenzen. Er kann sehr gut Deutsch und wurde so von dem Geldgeber aus Lichtenstein eingesetzt. Die Ordensschwestern mochten ihn nicht. Sie sahen in ihm einen Spion für den Geldgeber. Das Geld, das monatlich für die Verwaltung des Waisendorfes kam, wurde teils zweckentfremdet. Er habe bemerkt, wie die Schwestern ihre eigenen Projekte mit dem Geld zuungunsten der Waisenkinder finanzierten. Seine Berichte an den Geldgeber konnten nichts an der Geldunterschlagung ändern. Das ist mehr als bedauerlich. Am Ende musste er selber zurücktreten. Er sagte zu mir:

„Wenn man versucht, das Schlechte ins Gute umzuwandeln und es überhaupt nicht geht, sollte man auch so schnell wie möglich damit aufhören, um sich nicht selbst kaputt zu machen." Diesen Spruch finde ich gut. Ich habe mittlerweile viele alte Gesichter wieder gesehen und auch viele Leute zur Abschiedsfeier eingeladen. Mein Aufenthalt ging langsam seinem Ende zu. Ich habe viel gesehen und viel erlebt. Die alltäglichen Besuche haben ihre Vor- und Nachteile. Manchmal war ich müde, aber leider kann man das den Besuchern nicht laut sagen. Das wäre unhöflich. Ich habe eine große Abschiedsfeier in einem Lokal nicht weit vom Flughafen eingeplant. Diesmal würde ich nicht „flüchten". Ich werde wie ein Jemand begleitet werden. Diesmal werde ich mit dem Auto zum Flughafen gebracht. Meinem Vater ging es mittlerweile besser und meiner Mutter auch. Beide haben sich über mich gefreut. Die Freude darüber, einen verlorenen Sohn wiederzusehen und zu umarmen war ein Segen. Meine Eltern waren alt und vielleicht war es das letzte Mal, dass wir uns sehen. Man weiß nicht. Jeder Tag ist ein Geschenk, ein Wunder, ein Geben, das man positiv nutzen soll.

Die Vorbereitungen des Rückfluges schritten gut voran. Ich war hin und her gerissen, ob ich bleibe oder wieder zurück ins Paradies sollte. Meine Geschwister waren alle im Land verstreut. Ich habe manche besuchen können. Das Lokal für die Abschiedsfeier war endlich reserviert. Morgen ist Freitag und dieser Tag ist der Tag der Abreise. Der Abschied ist immer schwierig. Man muss sich von den Verwandten verabschieden. Bestimmt werden zahlreiche von ihnen am Tag des Abschiedes kommen, zumal ich auf Anraten meines Vaters meinen Brunnen im Dorf gebaut habe. Einen Brunnen, der mein ganzes Urlaubsgeld vereinnahmt hat. Man braucht nicht viel Geld, um sich einen guten und schönen Urlaub zu gönnen. Mein Geld hat sowohl für den Urlaub als auch für den Brunnen ausgereicht. Mit einer Klappe habe ich zwei Fliegen geschlagen. Der Brunnen war eine gute Aktion, die ich nach so vielen Jahren gemacht habe. Im Dorf haben sie das Wasser aus dem Fluss geschöpft. Dieses ist unsauber und untrinkbar. Es musste erst einmal richtig gekocht werden, um getrunken werden zu können. Im Dorf waren viele Krankheiten, die von dem Flusswasser verursacht wurden. Aus Geldmangel mussten die Dorfbewohner damit zurechtkommen. Den Spaziergang entlang des Flusses bei Sonnenuntergang werde ich nicht vergessen. Als ich ein Kind war, war ich nicht sooft im Dorf. Ich lag jetzt im Bett und stellte fest, wie die Zeit verflogen ist. Jedes Jahr sterben viele Menschen in Afrika aufgrund des Mangels an sauberem Wasser. Frauen müssen Kilometer zurücklegen, um an Wasser zu kommen. Ich war erleichtert, eine gute Sache gemacht zu haben. Mein Vater war glücklich über seinen Sohn. Die Nacht verlief ruhig. Ich habe nicht schlafen können. Mein Vater auch nicht. Ich habe in der Nacht sein Hin- und Hergehen gemerkt. Was war denn los? Warum hat mein Vater nicht geschlafen? Möchte er nicht, dass ich ins Paradies zurückfliege? Die Frage konnte ich nicht beantworten. So aufgeregt habe ich meinen Vater noch nie gesehen. Was kommt bloß auf uns zu? Der Tag der Abreise war da. Ich habe die Dorfbewohner darum gebeten, mir keine Geschenke zu machen. Das Übergewicht bei den Airlines ist zu teuer. Ich fliege zurück, aber mit so vielen schönen Projekten. Man braucht nicht richtig viel ausgeben oder geben, um Menschen in Not zu beglücken. Die

Sonne hat den Tag angekündigt. Frauen sind die Frühaufsteherinnen. Sie stehen auf, um Wasser für die Männer aufzuwärmen und das Frühstück vorzubereiten. Wenn die Kinder in die Schule müssen, müssen sie die auch dafür vorbereiten. Frauen sind einfach das Getriebe der Gesellschaft. Ohne sie gibt es keine Menschheit. Mein langer Aufenthalt im Paradies hat mir vor Augen geführt, dass ich trotz paradiesischer Papiere bin, was ich bin. Ich kann mich nicht ändern. Ich bleibe, wie ich bin. Im Paradies werde ich immer dieser Ausländer bleiben, dieser dunkelhäutige Mensch, dieser Afrikaner, dieser Mann, der in die paradiesische Gesellschaft quereingestiegen ist. Mir bleiben die häufigen Schikanen der Polizei noch im Kopf, die komischen Blicke auf der Straße, dieselben Fragereien, ob ich im Paradies bleibe oder ich irgendwann mal nach Hause fliege. Heimat ist ein Gefühl, ein starkes Gefühl und wo man sich wohl fühlt, kann man den Ort „Heimat" nennen. Der Urlaub mit meinen Eltern ist sehr gut verlaufen. Man braucht da nicht viel, um glücklich zu sein. Im Paradies hat man die teuerste Küche, aber man geht zum Türken essen oder in den

Kiosk Kaffee trinken. Die Kapitalisierung der Zeit gibt es wirklich. Zeit ist Geld und dies gilt nur für die durch die Kolonisation durchgesetzte Verwaltung. In den Dörfern ist aber Zeit kein Geld. Die Dorfbewohner stressen sich nicht und dafür sind sie gesund. Durch die forcierte Globalisierung verändern sich Kulturen und Subkulturen. Leicht ist es Entwicklungsländer zur Annahme von Bräuchen entwickelter Länder zu zwingen. Die entgegengesetzte Richtung ist nicht möglich. Alles, was aus den westlichen Ländern kommt, muss in den Entwicklungsländern angenommen werden. Sonst fließen keine Entwicklungsgelder mehr. Dies ist sehr schade und führt negativerweise zum Umformen unzähliger Kulturen. Meine Gedanken führen mich hin und her. Sollte ich hier bleiben? Wenn ja, wie? Im Paradies habe ich auch gute Freunde, die mittlerweile zu Verwandten geworden sind. Sollte ich die im Stich lassen? Hier ist die einzige Bindung meine Eltern. Ich habe ihnen für die Vergangenheit verziehen und sie mir auch.

Endlich war die Zeit des Abschiedes gekommen. Wir strömten Richtung Flughafen. Ein Freund war gekommen, um mich zum Flughafen zu fahren. Nicht weit vom Flughafen kamen wir alle zusammen, um etwas gemeinsam zu verzehren, wie Jesus die letzte Mahlzeit mit seinen Aposteln gehabt hat. Die Tische waren reich gedeckt und das Besteck lag sauber und gepflegt darauf. Wir waren etwa zwanzig Gäste, ein guter Umsatz für das Lokal. Wir nahmen alle Platz. Das Lokal war auch mit anderen Gästen besetzt. Die Stimmung war feierlich. Das Gepäck habe ich schon am Flughafen abgegeben. Wir fingen an zu essen und zu trinken. Mein Vater war sehr traurig und sehr besorgt. Seine Sorgen konnte ich nicht verstehen. Meine Mutter genauso wenig. Mein Onkel hat sie gefragt, warum sie überhaupt nicht essen und trinken konnte. Vielleicht drückte das Lokal ein bisschen auf deren Laune. Mein Vater hat die ganze Nacht hindurch kein Auge zugemacht. Das wusste ich. Warum? Ihn habe ich noch nicht so ratlos gesehen. Wollte er mir etwas sagen? Die anderen Gäste waren vollauf beschäftigt und die Stille im Restaurant war komisch. Nur das Geräusch der Gabeln und der Messer in den Tellern war deutlich zu hören. Zwei Männer haben vor dem Gästehaus einen schwarzen Geländewagen geparkt.

Sie standen da und redeten eine Weile miteinander. Die anderen merkten das Ganze nicht. Plötzlich stürmten sie ins Lokal mit einem schrillen *Allahu Akbar* und fingen an um sich zu schießen. Meine Eltern sind schon gefallen. Ich sah meinen Vater in seinem Blut baden. Er hat versucht, meine Mutter zu beschützen und hatte sich Kugeln eingefangen. Überall war Chaos und Rufe - *rette sich wer kann.* Ich lag am Fußboden. Eine schwangere Frau lag auch am Boden. Eine Granate explodierte. Ich versuchte aus der Hölle zu entkommen. Die Tür war nicht weit von mir. Ich versuchte einfach mein Glück. Ich musste raus, um Hilfe zu holen. Kaum habe ich die Tür aufgemacht, hörte ich einen deutlichen Knall. Ich versuchte voranzukommen, aber es ging nicht. Ich wurde schwach, schwächer. Ich fiel draußen vor die Füße eines Polizisten. Hinter mir ging es mit der Schießerei weiter. Ich lag da und konnte mich nicht mehr bewegen. Ich entfernte mich langsam vom Licht. Ich hörte die Ärzte. Sie versuchten mich zu retten. War es zu spät?